KB122037

금호동의 달

금호동의 달

김정식 지음

이유출판

프롤로그

나는 금호동에서 25년을 살았다. 1970년에 서울로 이사
와 다섯 살 때부터 살았던 금호동 산동네와 시장은 내게
세상 전부였다. 대학을 마치고 한동안 외국을 떠돌다 돌
아왔지만 내게 한국이란 금호동을 뜻했다. 금호동은 서울
에서 유명한 달동네였다. 1960년대 말, 수많은 사람이 서
울로 몰려들었다. 이때 고향을 떠난 이주민들과 도시 빈
민들이 자리 잡은 대표적인 지역이 금호동이다. 내 아버
지도 여섯 식구를 데리고 금호동에 자리를 잡았다. 일흔
이 넘은 노모와 소아마비 후유증으로 걷지 못하는 나를
데리고 고향을 떠난 아버지에게 금호동은 조금 더 나은
삶을 꿈꿀 수 있는 몇 개 남지 않은 선택지이기도 했다.

그 시절 금호동에는 상하수도 등 기본적인 생활환경이
말할 수 없이 열악했지만 그래도 사람이 사는 동네였다.
낮에는 쓰레기와 오물이 사방에 널렸지만, 저녁이 오면

어둠이 더러운 것들을 가리고 백열등 불빛이 산동네를 채웠다. 한 지붕 아래 서너 가구가 하나의 화장실과 수도를 나눠 쓰며 살아도, 저녁이면 밥 짓는 냄새가 퍼졌다. 그곳도 누군가는 따뜻하게 쉴 수 있는 집들이 모인 곳이었다.

그동안 15년이 넘게 다른 나라에서 살았지만, 정작 나의 정체성과 자아가 만들어진 곳은 바로 이 동네였다. 금호동에서 자라면서 겪었던 경험이 미국과 홍콩을 떠돌면서 공부하고 대학에서 가르치며 얻었던 것보다 내게 더 생생한 기억으로 남았다. 그런 금호동이 점점 변하고 있다. 도시 재개발이 진행되며 내가 기억하는 금호동은 점점 사라져 갔다. 이제 예전의 모습을 간직한 곳은 얼마 남지 않았다. 나는 나의 자아가 만들어진 이 동네와 여기서 만났던 사람들 얘기를 쓰고 싶었다. 나의 옛날이야기를 품은 이 동네의 기억이 다 사라지기 전에 기록을 남기고 싶었다. 이 책의 글들은 나의 성장기이다. 실제 이야기이면서 허구이기도 하다. 내가 만난 여러 사람의 모습을 한 인물에 담기도 했고, 한 사람의 모습을 여러 인물에 나누어 담기도 했다.

어린 시절, 식구들이 모두 잠든 한밤중에 나 혼자 잠이 깼다. 아무리 뒤척여도 잠이 오지 않으면 작은 툇마루에 앉아서 밤하늘을 보았다. 하늘엔 늘 달이 있었다. 비가 오거나 바람 부는 날에도 어김없이 달이 있었다. 그건 내 마음에 뜬 달이라서 그럴 것이다. 달은 낮부터 떠 있었을 것이다. 아무도 알아차리지 못하는 동안 보일 듯 안 보일 듯 서서히 떠오른 달은 해처럼 눈부시진 않았어도 세상이 희미하게 보일 만큼은 빛을 비췄다. 우리는 때로 외롭다. 혼자 살면서 사람들을 그리워하고 어울려 살면서도 외로워한다.

사람들은 늘 희망만 생각하며 살지 않는다. 희망을 잃기도 하고, 잊기도 하며, 때로는 거추장스러워서 내팽개치기도 한다. 그래도 한밤중에 하늘에 걸린 달을 보면 외로움을 잠시 잊을 수 있다. 달은 눈부시게 밝지는 않아도 내일도 그럭저럭 살만할 거라고 말해 주었다. 달은 사람들이 희망을 품을 수 있을 만큼만 빛을 비춘다. 그러면 사람들은 거추장스러워서 팽개쳐 버릴까 살짝 망설였던 희망을 주섬주섬 다시 담는다. 산다는 것은 이렇게 다시 희망을 주워 담는 일인 것 같다. 세상이 어둡게 보일 때에도 달은 어디선가 틀림없이 사람들을 비추고 있을 것이다. 나는 이 책에 달과 가장 가까운 산동네를 비추던 달빛의 기억을 담았다.

2024년 6월
김정식

차례

프롤로그   4

1 유년의 기억

새벽 수돗가   13
개천   17
계수나무집   25
금남시장의 진석이   33
서울의 달   46
용순이 누나의 짐 자전거   52
구루마, 휠처, 휠체어   61
때로는 빌지 말고 싸워라   78
얼빠진 늑대   92

2 뜨겁던 청춘

눈물   103
동환이의 썬데이 서울   109
추석의 차용필   122
불판   149
순대   163
50년 그리고 한 달   172

우주의 나비   181

허장강 아저씨   185

뽀빠이 삼촌   197

선학알미늄   204

3 그리운 그 집

겨울 아침 배춧국   217

구운 김   222

김밥   226

수두   229

새벽, 삼양라면   233

수제비   236

음석은 쪼매 버리더라도 남는 기 낫데이   239

변두리 찬스   247

삼류 극장   250

‘얼음’이 아니고 ‘어름’   254

이발 학원   257

그대 다시는 그 집에 가지 못하리!   262

에필로그   266

1
유년의 기억

새벽 수돗가

새벽에 혼자 잠이 깨었다. 나는 이불 속에서 뭘 할까 생각하며 뒤척였다. 작은 창으로 해가 들면서 방안이 조금씩 밝아진다. 천장의 때 묻은 벽지를 잠시 보다가 고개를 돌려 문턱에 있는 아주 작은 옹이도 쳐다보았다. 지루해진 나는 마루로 난 유리문을 살짝 건드려 보았다. 조심스럽게 건드렸지만, 문은 스르륵 소리를 내며 쉽게 열려 버렸다. 유리문이 열리는 소리에 나는 화들짝 놀랐지만 아무도 깨지 않았다. 내복 안으로 찬기가 들어왔다. 열린 문 틈으로 들어오는 찬기에 누가 깰까 얼른 방 밖으로 나왔다.

그때는 어느 집이나 그랬듯 우리 집에도 수도가 하나밖에 없었다. 수돗가 위 빨랫줄에는 '영남친목회' 수건이 걸려 있었다. 푸들푸들 얼굴에 물을 적시고 옷에 물이 떨어지지 않도록 고개를 숙인 채 빨랫줄에 걸린 수건을 한 손으로 잡아당겼다. 아직 아무도 쓰지 않은 수건에 뽀송뽀송한 새벽 공기가 찬기를 머금고 있었다. 나는 찬기에 부들거리면서도 툇마루에 걸터앉아 아직 아무도 일어나지 않은 새벽을 구경했다.

이른 아침이지만 두부 아저씨 종소리는 벌써 멀리 걸어가 버렸다. 귀를 기울이면 두부 장수가 끌고 가는 수레의 쩔렁거리는 소리가 낮게 환청처럼 들렸다. 나는 아침이라기엔 서툴고 새벽이라기엔 게으른 묘한 시간의 골목 사이에서 주춤거렸다. 부엌에 물을 받아 둔 항아리에는 어둠과 같이 밤을 보낸 먼지가 얕게 쌓여 도마에 남아 있는 생선 비늘처럼 미끈거렸다. 두부 수레의 환청과 미끈거리는 부엌의 항아리에 '담긴' 물의 촉감을 생각하다가 까무룩 잠이 들었다.

다시 깼을 때면 언제나 아버지는 가게에 나간 뒤였다. 형과 누나는 학교에 가 버렸고, 어머니는 오늘 하루 장사를 생각하는 표정으로 설거지 그릇 하나를 바라보고 있었다. 나는 10센티미터쯤 열린 유리문 틈으로 보이는 어머니의 검은 머리카락을 쳐다보았다. 세수하고 얼굴을 닦던

뽀송뽀송한 수건에서 어머니의 한 벌뿐인 옥색 저고리 냄새가 난다고 생각하다 다시 잠이 들었다.

하나밖에 없는 수도가 얼어 버릴까 칭칭 동여맨 새끼줄이 갑갑했는지, 오래 잊었던 친구가 갑자기 찾아와 마치 할 말이 있다는 표정으로 바라보듯 수도가 날 빤히 쳐다본다. 새끼줄 사이로 졸졸 흐르던 물에 반쯤 젖어 있던 수돗가의 시멘트 바닥도 내 발을 다시 적신다.

기억이라는 게, 내 나이쯤 되면 천상병의 시처럼 해맑

게 남거나 흑백사진의 기형도처럼 심연으로 가라앉으며 지나갈 줄 알았다. 그런데, 잊고 있던 오래전 모습들이 마치 금홍이가 외출하면 혼자 방을 지키던 이상이 화장품 병뚜껑을 만지작거리던 몽환적인 느낌으로 한 번씩 내게 돌아온다. 일곱 살의 내가 수돗가에 쪼그리고 앉아서 지금의 나를 물끄러미 쳐다보고 있다. 이제 알았다. 나는 나를 다시 만나려 살고 있다는 걸.

개천

개천에는 똥물이 흘렀다. 금호동은 한강 옆에 있었지만 큰 물줄기까지 닿기엔 제법 멀었다. 한강의 큰 물줄기와 금호동 사이에는 늪처럼 물이 얕게 차 있는 넓은 습지가 있고, 동네 사거리의 언덕 아래부터 습지까지 개천이 흘렀다. 인구밀도가 높은 우리 동네의 생활 하수가 그곳으로 흘러나가 여름이면 악취가 진동했다. 겨울이 오면, 악취는 사라졌지만 오물과 쓰레기가 함께 얼어붙었다.

개천에는 똥물이 흘렀어도 개천가에는 놀거리가 많았다. 그런 곳 말고는 달리 놀 데가 없었다. 개천 옆에는 초등학교 운동장의 절반쯤 되는 모래 공터가 있어서 아이들이 축구를 했다. 공터를 둘러싸고 잡초가 많이 자랐는데,

아무도 깎아 주지 않아서 공터 한쪽이 마치 갈대밭 같았다. 개천 구석에는 조그맣게 물이 퐁퐁 솟아나는 곳이 있었다. 친구들은 그곳을 샘물이라고 불렀다. 더러워서 차마 그 물을 마시진 않았지만, 축구를 하고 나면 거기서 땀을 씻었다.

개천가 바로 옆에 방 하나, 부엌 하나 있는 작은 집에 살던 내 친구 규호는 이 개천 때문에 인기가 좋았다. 길에서 개천가의 공터로 가려면 규호네 집의 쪽문으로 난 가파른 길이 지름길이었다. 학교를 마치면 아이들은 하나둘씩 규호네 집의 마당에 모였다가 공터로 갔다. 자연스럽게 개천 놀이터의 문지기가 된 규호는 개천가에서 노는 친구들을 전부 알고 지냈다.

나는 축구는 하지 못하지만, 그곳에서 친구들과 자주 놀았다. 학교를 마치면 친구들은 번갈아 나를 업고 그곳으로 갔다. 나는 대개 친구들이 공을 차는 걸 구경했지만, 가끔씩 이미 골키퍼가 있는데도 두 번째 골키퍼로 골대를 지켰다. 친구들은 공이 내 손에 맞고 나가면 무조건 노골을 선언했다. 골키퍼가 두 명이면 반칙이니 뭐니 그런 건 아무도 따지지 않았다. 축구를 하지 못하는 나에 대한 배려였다.

가끔 친구들이 공을 찰 때, 난 규호네 집 마당의 평상에서 규호의 어린 동생과 놀아 주었다. 우리가 5학년 때 일곱 살이었던 규호의 동생은 내가 뭘 만들어 주면 좋아했다. 집에서 굴러다니던 나무젓가락과 고무 밴드로 고무줄 총을 만드는 건 아주 쉬웠다. 고무줄 총으로 새를 잡을 순 없어도 날아다니는 파리는 잡을 수 있었다. 파리가 죽을 만큼은 아니고 어질거릴 정도로 충격을 주는 총이었다. 규호 동생은 그런 총을 만들어 달라고 졸랐다. 만들어 줄 때마다 규호 동생은 좋아했다.

　개천은 비가 오면 늘 물이 넘쳤다. 배수펌프가 갖추어지지 않아서 동네의 오수가 한강으로 빠지지 못하고 역류했기 때문이다. 한번은 비가 넘치자 버려진 아기의 시체가 떠오른 적이 있다. 낙태가 흔해 빠진 시절, 산부인과에서 버렸다고도 하고 남자아이들과 휩쓸려 놀던 여자아이가 몰래 아이를 낳아 버렸다고도 했다. 늘 그런 유언비어가 돌았지만 실제로 시체를 본 것은 단 한 번뿐이었다. 멀리 작은 아이의 시체가 물에 불어서 풍선처럼 부풀어 올랐다. 철없는 아이들은 거기에 돌을 던지고, 누군가 나서서 돌 던지는 아이의 손을 잡았다. 그러면 돌 던지던 아이는 슬픈 표정이 되어 슬그머니 장난을 멈추었다.

가을이 오면 오물이 흐르는 개천가에 잠자리가 날았다. 규호네 집 평상에 누우면 멀리서 공 차는 친구들의 고함소리가 들리고 머리 위를 나는 잠자리 위로 하늘이 더 높았다. 여름 내 고무줄 총으로 파리를 쏘던 규호의 동생은 이제 잠자리를 잡는다고 넓지도 않은 마당을 뛰어다닌다. 일곱 살 아이에게 잠자리는 너무 빠르지만, 여름 한철을 사는 잠자리는 몇 주가 지나면 비실비실해진다. 그때는 규호의 동생도 어쩌다 한 번씩 잠자리를 잡을 수가 있다. 규호의 동생은 내게 자랑스러운 표정으로 만져 보라고 잠자리를 들고 온다.

겨울이면 개천 옆에 스케이트장이 섰다. 우리가 축구를 하던 공터를 밖으로 빙 둘러 새끼줄을 치고 그 안에 물을 부었다. 지금보다 늘 추웠던 시절이라 물을 붓고 며칠이 지나면 꽝꽝 얼어서 바닥이 울퉁불퉁한 스케이트장이 된다. 스케이트를 가진 아이들은 의기양양했다. 스케이트가 없는 아이들은 주인이 가져다 놓은 낡은 스케이트를 돈 주고 빌렸다. 크기가 맞지 않는 스케이트를 신고 넘어져도 신나기만 했다.

스케이트장은 추웠다. 여기저기서 주워 온 나뭇가지를 태우던 허름한 난로가 하나 있을 뿐이었다. 스케이트장

주인은 다른 직업이 없는 건달 같은 아저씨였는데, 개장한 지 일주일쯤 지나면 돈이 좀 생겼는지 아이들에게 표를 받으며 대낮부터 술을 마셨다. 술에 취하면 돈이 없어서 눈치 보며 다른 친구들이 노는 걸 구경만 하던 아이들을 그냥 눈감고 들여보냈다. 얼음이 녹으면서 사람들의 마음도 같이 녹았다.

6학년 때에는 개천에서 개구리를 잡았다. 수업 내용 중에 개구리 해부가 있었지만, 학교에서 개구리를 구해 주지는 않는다. 굳이 안 해도 되는 해부 수업인데 웬일인지 선생님은 아이들에게 개구리를 잡아 올 수 있냐고 물었다. 공부는 못하고 개천에서 축구나 하던 친구들이 이번에는 의기양양했다.

개천에 간 친구들은 7~8개의 조가 해부 수업을 하기 충분할 만큼 개구리를 잡아 왔다. 선생님은 조마다 간단한 해부용 도구를 나눠 주고 해부를 시켰다. 아무도 나서지 않았다. 개구리를 잡아 온 친구들은 왠지 개구리의 해부도 자기들이 해야 할 것 같았다. 마음 약한 친구들은 한쪽 눈만 살짝 뜨고 핀셋에 꽂힌 개구리를 쳐다보았다. 영식이는 개구리를 잡아 왔지만 그걸 해부할 자신은 없었다. 아이들은 다들 규호를 쳐다보았다. 깨끗한 피부에 하얀 레이스가 달린 옷을 입은 여자 부반장은 영식이에게 뭔가 하라고 자꾸 눈빛을 보냈다. 영식이는 억지로 용기를 내서 개구리의 배를 갈랐다. 수업 시간에 쓰려고 애써 개천가 똥물을 헤치고 개구리를 잡던 규호는 덜덜 떨면서 개구리 다리를 잘라서 핀셋으로 찔렀다. 무언의 눈빛을 보내던 부반장은 막상 개구리 다리를 잘라 놓으니 마치 더러운 똥물을 쳐다보듯 영식이를 쳐다보았다.

영식이는 부반장의 눈빛에 부끄러워졌다. 수업 시간에 한 번도 선생님의 눈길을 받은 적이 없던 영식이는 교실에 개구리를 가져올 때 모처럼 의기양양했다. 하지만 부반장의 눈빛을 보고는 기가 죽어 그 후로 어디서든 앞으로 나서는 법이 없었다. 영식이는 중학교에 가서 한 학기만 다니고 가출한 후 학교를 영영 떠났다.

내가 대학에 갈 무렵, 시에서 개천을 덮었다. 지대가 낮은 그곳에 해마다 물이 역류하여 홍수가 나자, 올림픽을 앞두고 마침내 배수펌프가 설치되었다. 똥물이 흐르던 자리를 콘트리트로 덮고 그 위에 배수펌프를 관리하는 건물이 들어섰다. 우리들이 공을 차던 곳에는 철조망이 쳐졌다.

그곳에 아이들의 자취는 사라졌다. 대신 밤이 되면 동네 고등학생들이 그곳을 찾았다. 배수펌프 건물 옆 후미진 곳에서 밤이면 담뱃불이 피어났다. 담배 불빛은 멀리 퍼진다. 주변에 집이 없어 캄캄했던 그곳에는 늘 밤마다 여러 개의 담뱃불이 새벽 3~4시까지 반딧불처럼 깜빡였다. 다음 날 아침에 보면 그곳에는 소주병과 먹다 남은 순대, 새우깡 봉지가 나왔다.

세월이 무지막지하게 흐르고 외국에서 오래 살다 돌아온 지금 개천 자리에는 고층 아파트가 들어서 있다. 똥물이 흐르던 그곳이 산자락 아래 한강이 보이는 곳이라 고

액의 아파트들이 섰다. 친구 규호네 집 자리에는 체육센터가 들어섰다. 고급 랜드로버가 한 대 주차하더니 운동복을 잘 갖춰 입은 젊은 친구가 골프가방을 들고 연습장으로 가려고 나온다. 샘물이 나오던 자리에는 프랜차이즈 카페가 들어왔다. 언젠가 아나운서 출신 연예인이 TV에 나와 금호동에 산다고 하니 다른 연예인들이 하나씩 이사를 왔다고 한다. 루프탑에 앉아서 하늘을 보며 술을 마시는 식당도 들어섰다. 우리가 평상에 누워 날아다니던 잠자리를 보던 곳에서 사람들은 고르곤졸라 피자를 안주로 와인을 마신다.

그곳에는 정지용의 시처럼 옛이야기 지줄대던 실개천이 아름답게 휘돌아 흐르진 않았다. 레이스 달린 옷을 입은 부반장의 눈빛에 기가 죽은 영식이가 그 후로 다시는 사람들 앞에 나서지 않았듯 우리들의 개천은 두 번 다시 세상 앞에 나서지 않을 것이다. 그러나 똥물이 흐르던 개천가에 우리의 옛이야기가 잠시 흐른 적은 있었다.

계수나무집

이사를 꽤 많이 했다. 태어나서 지금까지 서른 번은 족히 한 것 같다. 여러 집에서 살았지만 가장 기억에 남는 집은 초등학교 6학년부터 고등학교 1학년 여름까지 4년간 살던 집이다.

그 이전에는 주거가 불안정했다. 서울로 온 후 우리 식구들이 지냈던 집은 서울시가 소유한 땅을 불하받아서 지은 것으로 완전한 개인 소유가 아니었다. 그런데 도심 재개발을 급속도로 추진하던 70년대 말에 이 집이 갑자기 철거됐다. 길바닥에 나앉게 된 우리는 아버지의 친구 집에 임시로 신세를 졌다.

부동산 시장이 무섭게 변하던 1978년, 아버지는 마지막이라고 생각하고 거의 집값에 맞먹는 돈을 여기저기 빌려 집을 사고팔았다. 천운이었다. 아버지는 몇 차례의 매매 과정에서 돈을 조금 벌었다. 그리고 빚은 좀 남았지만, 결국 우리 소유의 집을 샀다. 제대로 된 첫 집이었다. 빚이거나 말거나 영문도 모르는 나는 새로 이사 간 집이 좋았다.

그곳은 말로만 듣던 이층집이었다. 이사가던 날, 대문을 열고 들어가니 놀라운 광경이 펼쳐졌다. 정원이 작은 식물원이었다. 은퇴한 군인이었던 전 주인은 남아도는 시간을 정원을 가꾸는 데 보냈다고 했다.

이사한 후 곧 장마가 시작되었다. 새집에서 보낸 첫 장마철은 경이로웠다. 방학 내내 외출을 하지 못한 나는 늘 현관 마루에 앉아서 마당을 보며 놀았다. 현관 마루 바로 앞에는 소철나무 세 그루가 있었다. 나는 장마철 내내 그 위로 떨어지는 빗물을 구경했다. 소철나무는 잎이 작고 많아서 빗물이 사방으로 많이 튀었다. 빗물이 공중에 흩어지면 해가 없는데도 공기 중에 반짝거렸다.

무더위가 가고 축축했던 등줄기가 보송거리는 짧은 시절이 지나면 소철나무 위에 서리가 내리고 겨울이 왔다. 날이 조금 더 추워지면 소철나무에 하얗게 눈이 쌓인다. 그 집에 사는 동안 눈이 많이 왔다.

　봄의 기억은 없다. 그해 봄이 아주 짧았다. 여름이 되자 집을 찬찬히 탐색하게 됐다. 그 전에는 아주 작은 집에서 살아서 혼자 집을 지키면 늘 심심했지만, 계수나무집에는 내가 탐색할 것이 아주 많아서 혼자 놀아도 심심하지 않았다.

　연못에는 난초가 예닐곱그루 있었다. 살금살금 기어서 연못 옆에 가면, 간간이 부는 초여름 바람에 연못물이 흔들렸다. 흔들리는 연못물 뒤에 선 난초꽃은 더 다소곳하고 청초해 보인다. 난초꽃 옆에 누워 하늘을 보면 마치 배경처럼 오래된 계수나무가 보였다.

가을이 되면 계수나무의 나뭇가지를 덮은 잎들이 황금색으로 변한다. 바람에 황금색 가지가 흔들리는 모습이 사뭇 몽환적이었다. 이웃 사람들은 우리 집을 계수나무집이라고 불렀다.

겨울은 몹시 추웠다. 연탄보일러를 쓰던 시절이라 연탄이 들어가는 방에만 온기가 돌았고 마루에는 난로를 피웠다. 난로를 놓을 만한 곳이 없는 아주 작은 집에 살다가 처음 보게 된 난로는 내게 난방 기구가 아니라 놀거리였다. 가끔 생고구마를 잘라서 난로에 구워 먹었다. 명절이 지나면 가래떡을 구워 먹었다. 고구마와 가래떡을 번갈아 먹으면 더 맛이 좋았다.

난로에 구워 먹던 가래떡과 생고구마의 맛보다 더 기억에 생생하게 남은 것은 불장난이다. 겨울이 되자 말라 버린 조그맣고 가느다란 나뭇가지를 마당에서 주워 와 난로에 참을성 있게 대고 있으면 나뭇가지에 불이 붙었다. 어렵게 불을 붙이고도 부모님이 돌아올까 봐 겁이 나 서둘러 불을 끄면 나뭇가지에서 불티가 흩어졌다. 나는 그걸 불꽃놀이라고 생각했다.

그때는 혼자 있는 시간이 가장 많았던 시절이다. 아버

지는 공장에 가시고 어머니도 아버지를 돕다 저녁때가 되어야 들어오셨다. 누나는 공부하느라, 형은 농구를 하느라 늦게 들어왔기 때문에 학교를 마치면 저녁까지 집은 온통 내 차지였다. 집에 강아지가 한 마리 있었지만 나는 집과 대화를 많이 했다. 모로 누워서 마룻바닥에 귀를 대면 상쾌하고 차가운 감촉이 올라온다. 오래된 마룻장은 귀퉁이가 반들반들했다. 반들반들하면서도 서늘한 감촉의 마룻장은 본 적도 없는 할아버지의 손바닥처럼 느껴졌다. 마루가 하는 얘기를 듣다가 지겨워지면 똑바로 돌아누워 창을 보았다. 창에는 수세미가 드리워져 자랐다. 늙은 수세미, 오래된 마룻장, 본 적 없는 할아버지.

부엌 아래는 반지하로 들어가는 입구가 있었다. 당시에는 흔한 구조였지만 마침 '에드거 앨런 포'의 공포소설을 읽은 터라, 부엌 아래 마루에 혹시 누군가 시체를 벽에 넣고 시멘트를 발라 버린 것은 아닐까 괴기스러운 상상을 하기도 했다. 갑자기 겁이 덜컥 났지만 아무도 없으니 얼른 방에 펴 둔 이불 속으로 들어갔다. 그러면 덜 무서워졌다.

마당은 나무나 꽃 외에도 친구들과 그 나이에 할 수 있는 여러 놀이를 탐색하던 곳이다. 미군 부대에서 흘러나온 「플레이보이」 잡지를 누가 가져와 이름도 모르는 서양 모델의 누드 사진을 몰래 보던 곳도 우리 집이었고, 뻐끔 담배를 몰래 피우던 곳도 우리 집이었다. 중학교 2학년때 가출해서 일찌감치 학교를 그만둔 현민이라는 친구가 가끔 놀러왔다. 현민이는 학교를 다니지 않으니 머리를 길렀다. 어머니가 계시는 다른 친구 집에 놀러 가면 눈치가 보이니 아무도 없는 우리 집으로 왔다.

현민이에게 들은 학교 밖의 세상은 흥미로웠다. 현민이가 세상에서 겪은 무용담을 얘기하기 시작하면 나와 친구들은 빨리 세상으로 나가고 싶어 하며 현민이를 부러워했다. 그러다 갑자기 예정에 없이 어머니가 일찍 집에 오면, 딱히 나쁜 짓을 한 것도 아닌데 나와 친구들은 당황하며 변명을 했다. 어머니가 "라면 끓여 줄 테니 먹고 가거라." 해도 친구들은 부랴부랴 집으로 갔다.

4년 후, 아버지가 시작한 공장이 잘되면서 더 큰 공간이 필요해졌다. 우리는 공장 겸 가정집으로도 쓸 수 있는 집으로 이사를 했다. 새로 이사 간 집은 더 크고 마당도 넓었지만 마치 전학 간 학교에서 새로 사귄 친구처럼 금방 친해지지 않았다. 새로 이사 간 집은 아래층이 공장이라 어머니가 수시로 왔다 갔다 하면서 집안일을 했다. 집 안에 사람들이 오가니 이제 전보다 덜 심심했지만, 나는 계수나무집이 그리웠다. 혼자 그 집을 찾아가는 상상을 자주 했지만, 누가 업어 주지 않으면 나 혼자서는 갈 방법이 없었다. 이사 갈 때 친구들에게 자주 놀러오겠다고 말하지만 결국 약속을 제대로 지키지 못하는 것처럼, 나도 떠난 집과 한 약속을 지키지 못했다. 한 번도 다시 가 보지 못한 것 같다. 그리웠지만 갈 수 없었고, 갈 수 없으니 계수나무집을 조금씩 잊게 되었다.

내가 살던 동네는 서울에서 꽤 낙후된 지역이었지만 도시 개발에서 벗어날 수 없었다. 어느 날 갑자기 아파트가 생기기 시작하면서 다른 지역보다 급격히 재개발이 진행되었다. 내가 살던 집을 부수고 아파트를 짓는 시기에 나는 외국에 있었다. 내가 정들었던 집이 사라져 버린 순간을 못 본 것이 다행인 한편, 친구와 작별인사도 못하고 헤어진 것처럼 회한이 남는다. 내가 4년간 살았던 집이 있던 그 자리에는 아파트가 들어섰고, 잠시 서울을 떠나 사셨던 부모님이 그 아파트에 입주해 사신다. 그 자리 어딘가에 계수나무가 뿌리를 내리던 곳이 있을 것이다.

지금 나는 집이 없다. 거주지는 있어도 아직 내 마음속의 계수나무집으로 돌아오지 못했다. 계수나무집 마당의

흙바닥에 발을 딛고 있는 그 감촉을 느낄 수가 없다.

땅에 대한 농부의 욕망과 그리움이 어떤 것인지 난 잘 모르겠다. 나는 집에 대한 욕망과 그리움을 가지고 있다. 위치나 가격은 상관없다. 계절이 바뀔 때마다 다르게 올라오는 땅의 온기와 한기가 느껴지는 곳, 비가 오면 빗방울이 떨어지는 소리를 들을 수 있는 곳이 내게는 집이다. 친구를 만날 땐 눈앞에서 만나 악수도 하고 뒤통수를 쳐봐야 만난 것 같다. 집도 그런 것 같다. 부동산 등기부에 있는 것은 집이 아니다.

아! 그대 그 집에 다시 가지 못하리.

금남시장의 진석이

오늘도 진석이는 선생님에게 맞았다. 가난해서 학비가 무료인 2년제 교육대학을 마치고 교사가 된 젊은 담임 선생님은 열심히 교회 생활을 하는 자기가 진석이를 반드시 교화시키는 모습을 다른 아이들에게 보여 주고 싶었다. 한두 대를 때릴 때는 그런 마음이었다. 그러나 5학년 진석이는 도망가지도 않고, 선생님을 노려보지도 않고 그냥 맞았다. 숙제를 안 해서 삼각자로 맞을 때처럼 아프지도 않고 아무렇지도 않다는 표정으로 그냥 맞았다. 그 표정을 본 선생님은 주먹에 더 힘이 들어가고 급기야 진석이를 발로 차기 시작한다. 그러다 60여명의 아이들이 쳐다보고 있다는 사실을 자각한 순간, 어린아이를 때리고

있다는 죄책감에 오히려 진석이를 더 때리는 자신을 멈출
수가 없었다.

진석이는 선생님에게 맞으면 다음 날부터 학교에 오질
않는다. 한 주가 지나면 그제야 다시 학교에 나오기 시작
한다. 그리고 또 며칠이 지나면 선생님에게 다시 얻어맞는
다. 선생님에게 맞아서 가출을 한 건지, 가출을 하고 학교
에 안 나오니까 선생님이 때리기 시작했는지 알 수 없다.

학교에서 나와 시장을 지나면 우리 집이 나온다. 그 길
을 매일 지나가면서 나는 문방구점의 장난감을 구경하거
나, 어떤 할아버지가 팔려고 종이박스에 내놓은 병아리를
구경했다. 어쩌다 주머니에 돈이 있으면 노점에서 파는
고구마튀김을 사 먹었다.

시장에 가면 늘 시장 바닥에서 좌판도 없이 신문지나
비닐을 펴고 주섬주섬 물건을 늘어놓고 파는 아주머니가
있다. 아주머니의 한쪽 눈동자는 무슨 병에 걸렸는지 모
르지만 가늘고 길어 마치 뱀의 눈처럼 보였다. 그 눈은 보
이지 않는 것 같았다. 나는 아주머니와 눈을 마주치기가
무서웠다. 물건을 사려고 잠시 서서 물건을 구경하던 손

님들도 아주머니의 눈을 보면 저절로 몸이 움츠러들어 슬슬 피해서 일어난다. 물건을 팔기 쉽지 않다. 나 역시 시장을 구경하며 지나가다가도 그 아주머니 앞에서는 후다닥 걸음을 서두른다.

어느 날, 학교를 파하고 시장 구경을 하면서 집으로 가는 길에 진석이를 보았다. 학교에서 늘 자리에 멍하게 앉아 있거나 선생님에게 맞는 모습밖에 떠오르지 않는 친구. 진석이에게 친구가 있었는지 도무지 알 수가 없었다. 그래서 시장 구석에 서 있는 진석이의 모습이 낯설었다. 놀랍게도 진석이는 뱀 눈 아주머니에게 다가갔다. 아주머니는 뭐라고 잠시 진석이를 꾸짖는 것 같더니 허리에 차고 있는 전대에 손을 넣어 돈을 꺼내 준다. 딱 군것질을 할 만큼의 액수로 보였다. 진석이는 뱀 눈 아주머니의 아들이었다. 난 아주머니의 눈을 보기가 무서워 그 앞을 휙 지나가려고 했다.

"야! 너 우리 반이지?"

진석이의 말이 갑자기 내 덜미를 잡았다. 단지 그 말만 하고 진석이는 고구마튀김을 한 움큼 내게 준다. 나는 뭐라도 얘기를 해야 할 것 같았다.

"너 선생님이 때리면 안 아프냐?"

왜 그 말을 꺼냈는지 어린 마음에도 금방 후회가 지나갔다. 아무 말 없던 진석이가 도리어 물었다.

"너 학교 가면 재밌냐?"

"그냥 그래. 근데 왜 물어?"

"……."

시장을 빠져나오니 진석이는 마치 여태 혼자 걸어온 것처럼 다른 골목으로 혼자 걸어간다. 잘 가라거나 또 보자는 말도 없다. 진석이는 질문을 하면 꼭 대답해야 한다고 생각하지 않는 것 같았다. 말을 전혀 안 하는 것은 아니지만 마음이 내켜야만 말을 하는 것 같았다.

6학년이 되었다. 하교 때가 되면 두세 명의 중학생들이 학교에 가지 않고 골목에 숨어 있다 지나가는 아이들의 돈을 뺏는 경우가 종종 있다. 대개는 같은 중학생 중 체격이 작은 애들이 대상이지만, 때로 그중 양아치 같은 녀석들은 초등학생한테도 돈을 뺏는다. 운이 없으면 그들을 만나 돈을 뺏기게 된다.

나도 그날 운이 없었다. 하굣길에 원래 다니던 길 말고 모처럼 다른 골목으로 집에 오다가 양아치들에게 걸렸다.

돈을 뺏기고 울음이 좀 나왔지만 어쩔 수 없다고 생각했다. 괜히 잘못하면 매까지 맞는데 그 정도에서 그치면 괜찮은 거다. 그런데 진석이가 다른 쪽 골목에서 들어오다 내가 돈을 뺏기는 걸 보았다. 난 뺏긴 돈을 포기했는데, 진석이가 중학생들에게 달려든다.

"돈, 줘요! 내 친구 돈 돌려줘요!"

"뭐냐? 이 새끼는?"

중학생들이 진석이를 때린다. 당연히 진석이는 선생님이 때릴 때처럼 저항하지 않고 맞는다. 그러면서도 계속 외친다.

"돈 줘요! 돈 줘요!"

나와 있을 때는 내킬 때만 말을 하던 진석이가 쉴 새 없이 외친다. 중학생들은 계속 진석이를 때린다.

"미친 새끼. 야! 그냥 줘. 다른 애 뜯자."

중학생들은 결국 포기하고 빼앗은 돈을 돌려준다. 나는 울음이 찔끔 나려다 진석이의 행동에 놀라 멍하니 있다 묻는다.

"괜찮냐?"

"난 맨날 맞는다. 괜찮다. 돈 받았다. 히히."

진석이는 내게 돈을 돌려주었다. 나는 고구마튀김이라

도 먹으러 가자는 말을 채 못 했다. 진석이는 어느새 가 버리고 없다.

6학년이 되자 더 이상 학교에서 진석이는 보이지 않았다. 초등학생이 가출하고 학교를 그만두는 것이 흔치 않은 시절이었지만 아무도 진석이 얘기를 하지 않는다. 6학년 때 사라졌던 진석이를 다시 만난 곳은 놀랍게도 우리 집 앞이다.

우리 집은 차가 다니는 큰길에서 골목으로 30미터쯤 들어가 세 번째 있는 집이다. 골목에서 다시 ㄱ자로 왼쪽으로 꺾어 1미터쯤 들어간 곳에 대문이 있어서 집이 바로 보이지 않는다. 지나는 사람들이 별로 없는 곳이라, 아이들은 종종 대문 앞 계단에 앉아서 어른들에게 들키면 혼날 놀이를 했다. 주로 짤짤이를 했지만, 미군 부대에서 흘러나온 「플레이보이」 잡지를 키득대면서 보기도 하고, 아주 가끔 중학생들이 숨어서 본드를 불기도 했다. 물론 어른들이 골목으로 들어오면 아무 일 없는 듯이 딴청을 부린다. 그곳에서는 어른들의 발소리를 듣자마자 하던 것들을 후다닥 감출 시간이 충분하다.

그날은 모처럼 어머니와 같이 집으로 가는 길이었다.

어머니와 골목으로 접어들어 다시 우리 집 대문 쪽으로 돌아서는데 거기에 진석이가 널브러져 있다. 보통 본드를 부는 애들은 혼자서 불지 않고 몇 명이 모여서 분다. 돌아가면서 차례로 봉지에 코를 대고 들이마시고 한 명은 망을 본다. 하지만 진석이는 혼자 널브러져 있고 옆에는 본드를 부어 놓은 비닐봉지가 있다.

"쟤 진석이 아니냐?"

어머니도 금남시장에서 몇 년 동안 장사를 했기 때문에 시장에서 일어나는 일은 대충 안다. 노점에서 장사하는 진석이 엄마도, 그리고 시장에서 비실거리다 사라져 버리는 진석이도 안다. 진석이는 우리 어머니 입에서 자신의 이름이 불리자 본능적으로 일어났다. 진석이의 눈은 반쯤 풀려 있고 몸은 비틀거린다. 어머니는 대문을 열고 들어가며 혼잣말을 한다.

"진석이 쟈는 와 그라노? 한쪽 눈도 안 보이는 즈그 엄마가 시장에서 그래 고생하며 혼자 키우는데 와 저래 속을 썩이노? 아이다, 아부지가 있긴 하지. 일도 안 하고 진석이 엄마한테 돈이나 뜯어 가고 안 주믄 패기나 한다 카긴 하드만."

그러다 어머니는 뭔가 생각이 난 듯 내게 말한다.

"진석이 쟈가 밥은 제대로 먹고 다니겠나? 이럴 게 아니다. 얼른 가서 진석이 밥 묵자고 데리고 오거라."

어머니의 말이 떨어지길 기다렸다는 듯 내가 얼른 대문을 열고 나가 보니 사라진 줄 알았던 진석이가 골목 구석에 아직도 있다. 이번에는 전봇대에 반쯤 쭈그리고 앉아 있다. 아까보다 눈빛이 조금 돌아와서는 날 확실히 알아보는 것 같다.

"정식아, 본드 사게 천 원만 주라."

내가 밥 먹으러 들어가자는 말을 꺼내기도 전에 아직도 눈에 힘이 없는 진석이가 먼저 말을 했다. 그 말만 하곤 마치 내 뒤에 있는 하늘을 쳐다보듯 다시 초점이 사라진다.

내게 그런 순발력이 어디서 나왔는지 모르겠다. 진석이에게 "잠깐만 기다려."라고 하곤 집에 살짝 들어와 보니 어머니는 밥을 준비하느라 부엌에 있었다. 나는 마루의 찬장을 열고 어머니가 늦게 오실 때 혼자 라면이라도 사 먹으라고 비상금을 넣어 주던 작은 사기그릇의 뚜껑을 열었다. 부엌에서는 마루의 찬장을 여는 내가 보이지 않는다. 나는 딱 천 원만 꺼냈다. 천 원을 받고 진석이는 전처럼 입을 조금만 움직이면서 웃는다. 금방 눈이 풀렸던 진석이는 어디서 기운이 나는지 돈을 받고는 골목 아래로 뒤돌아선다. 밥을 먹자는 말을 할 겨를도 없었다. 나는 기분이 조금 나아졌다.

"밖에 진석이 없드나?"

"없어. 갔나 봐, 벌써."

그 후로도 몇 번 골목이나 길가에서 눈이 풀려 있는 진석이를 보았지만, 나는 다른 친구들과 같이 있어서 진석이에게 말을 걸지 못했다. 동네의 다른 친구들도 진석이를 알고 있었다. 아이들은 진석이가 본드를 마시고 취해 있거나, 상가 건물 입구의 계단에서 쭈그리고 자는 걸 보았다고 한다.

그 나이 때 우리들은 학교에서 누가 싸움을 제일 잘하는 캡장(캡틴과 대장을 합친 말)인가에 관심이 많았다. 우리 학교 캡장인 윤구가 고등학생들과 1대 2로 붙어서 박살냈다는 식의 무용담을 자주 떠들었지만 진석이 얘기를 하는 친구는 거의 없었다. 그러다 딱 한 번 진석이 얘기가 친구들 사이에 화제가 된 적이 있다. 내가 중학교를 졸업하기 바로 전이었던 것 같다.

진석이가 죽었다고 했다. 교통사고로 죽었다고 하는 소문도 있었고 동네 깡패들에게 맞아서 죽었다고 하는 말도 있었다.

　모든 사람이 삶에 의욕을 갖지는 않는다. 그때는 어려서 몰랐지만 생각해 보면 내가 기억하는 진석이는 아무데도 관심 없고 어떤 일에도 의욕이 하나도 없었던 것 같다. 그래서인지 진석이가 죽었다는 소문을 들었을 때 난 솔직히 슬프거나 섭섭하거나 하는 마음조차 들지 않았다. 어쩌면 진석이는 죽지 않았고 아무도 걔가 어디에 있는지 몰라서 도는 소문일 수도 있었다.

　고등학생이 되자 우리 집은 다른 곳으로 이사를 갔다. 이제는 버스를 타고 학교를 다녀서 시장을 지나다닐 일이 거의 없었다. 다만 어쩌다 한 번씩 바로 집에 가기는 싫어서 한 두 정거장 일찍 차에서 내려 슬슬 걸어갔다. 그럴 때는 시장 앞을 지나는 일이 생긴다.

　시장에서 뱀 눈 아주머니, 아니 진석이 엄마를 보았다. 여전히 같은 장소에서 장사를 하고 있다. 눈에 하얀 안대를 하고 있었다. 시력이 조금 남아 있었을 때는 남들 눈에는 흉측하더라도 안대를 하지 않았지만, 결국 한쪽 눈이 완전히 멀어 버린 모양이다.

　이제 사람들은 지나가다 멈추고 물건을 사 간다. 아주

머니의 한쪽 눈에 덮인 안대를 보며 잠시 의아한 표정을 짓지만 이내 괘념치 않는다. 아무도 진석이 엄마를 무섭게 보지 않는다. 그렇지만 전과 달리 물건이 팔려도 아주머니의 무표정한 모습은 하나도 달라지지 않는다. 고등학생이 된 나도 이제 아주머니의 눈을 바라보는 게 무섭지 않았지만, 아직도 그 앞은 얼른 지나가고 싶었다. 몇 년 전진석이가 죽었다는 소문이 떠올랐기 때문일 것이다. 모른 척 지나가는데,

"너, 진석이 알지?"

이번에는 진석이 엄마의 말이 내 덜미를 잡았다.

"…… 네."

아주머니는 여전히 표정이 없다.

"친구들하고 빵이라도 사 먹거라."

아주머니는 전대에서 천 원짜리 한 장을 꺼내 준다.

난 그때 봤다. 초등학생 시절에 진석이에게 군것질할 돈을 주던 날처럼, 아주머니의 남은 한쪽 눈에서 조금 안도한 표정이 빠르게 휙 지나갔다. 나는 아주머니가 볼 수 있는 곳에서 뭐라도 사 먹어야 할 것 같았다. 그러나 5학년 때처럼 고구마튀김을 파는 아저씨는 주변에 없었다. 나는 도망치듯 그 자리를 떠났다.

내가 자랐던 동네에 가면 아직도 시장이 있다. 현대식 건물이 새로 올라간 시장에는 롯데리아도 있고, 유명 브랜드 옷집도 있다. 노점에서 장사하는 사람들은 길 건너로 쫓겨났다. 인도와 차도 사이 겨우 50센티미터 정도밖에 안 되는 공간에서 사람들은 여전히 장사를 한다. 오래 전부터 노점을 하던 사람들이다. 교복을 예쁘게 입은 아이들은 대부분 롯데리아 쪽으로 다닌다. 건너편에는 아이들이 지나다니지 않는다.

진석이는 어디에도 없다. 시장이든 우리 동네든 어디에도 진석이가 있을 곳은 원래 없었던 것 같다. 짧은 시간 동안 진석이는 시장을 배회하다 사라져 버렸다. 노점에서 뱀 눈 아주머니가 장사할 때가 그나마 진석이가 이 동네에서 비실거리면서도 지낼 수 있게 허락된 시간이었다. 세상에는 누구에게나 주어진 시간과 의미가 있다는 말을 사람들은 쉽게 한다. 나는 그런 말을 쉽게 받아들일 수가 없다.

진석이가 죽었다는 소문을 들었을 때 슬프거나 눈물이 나진 않았다. 기억이 아련하지만, 난 그때 화가 났던 것 같다. 슬프거나 기쁜 기억은 생생하게 살아남지만 화가 났던 기억은 떠오르는 것이 아니라 몸에서 나는 땀처럼 솟아난다. 이마의 땀을 닦아도 등에는 여전히 땀이 남아 있다.

찬바람이 불기 전에 땀을 완전히 닦아 내긴 참으로 쉽지 않다.

서울의 달

미선이 누나는 내 아버지가 막 시작한 아주 작은 공장에 일하러 왔다. 공장에서 일하는 사람들은 모두 시골에서 친지들의 소개로 찾아왔다. 그때는 너도나도 시골에서 도시로 나오고 싶어 했다. 급격한 산업화로 도시의 공장에는 인력이 필요했고 일자리가 없는 갑갑한 고향을 떠나고 싶었던 젊은이들의 도시에 대한 호기심이 더해졌다. 낯선 곳에 딸을 보내기 두려웠던 부모들은 친척이나 친지들을 통해 아는 사람들이 있는 곳으로 보냈다. 아버지는 서울에서도 '여공'을 구할 수 있었지만 고향에서 올라온 사람을 몇 명 쓰게 되었다.

미선이 누나는 그때 아마도 17~18살이었고 고등학교

를 마치지 않은 것으로 기억한다. 딱히 슬픈 얘기는 아니다. 시골의 가난한 집에서 자란 사람들은 자연스럽게 학교를 그만두는 경우가 많았다. 학교를 마치고 상급학교 진학을 포기할 때쯤 되면 돈이 없어서 학교를 못 가는 것인지 공부를 못해서 안 가는 것인지도 불분명해진다. 시골집에 있어 봐야 농사나 집안일을 돕는 일 외엔 다른 대안이 없는 젊은 처녀들은 막연히 더 나아질 것이라는 희망을 품고 서울이나 대구, 부산으로 떠났다.

그렇게 시골에서 올라온 여자 직원들 몇몇이 건물 3층에 있던 우리 공장 한구석에서 자취를 했다. 처음부터 어린 아가씨들이 자취하는 게 걱정이 된 어머니는 누나들이 서울로 올라온 처음 몇 주 동안 우리 집에서 지내게 했다. 그들이 방을 얻어서 나가기 전까지 말이다. 어머니는 겨우 방 두 개짜리 좁은 집에서 같이 지내자고 어렵게 마음을 쓴 것이지만 아마 그 누나들은 많이 불편했을 것이다.

자기 방은커녕, 한 귀퉁이에 조금만 짐을 두고 지내는 몇 주가 결코 편할 수 없었을 것이다. 우리 식구들이 앉아서 TV를 보고 있으면 누나들은 한쪽에 엉거주춤 같이 앉아서 보았다. 아침에 세수를 할 때는 우리 식구가 먼저 하기를 기다렸다. 화장실이 가고 싶어도 눈치 보면서 참지

않았을까? 벽에 옷도 마음대로 걸지 못하고, 옷 갈아입을 적당한 공간도 없는 허름한 작은 집에서 잘 모르는 사람들과 비비고 지내야 했던 시간.

어느 날은 마음이 너무 답답했는지 미선이 누나가 저녁을 먹고 밖으로 나갔다. 혼자 외출하면 내 부모님이 걱정을 할까 그랬는지 미선이 누나는 날 업고 같이 가자고 했다. 그리고 동네를 걸었다. 지금 생각하면 왕복 500미터도 채 되지 않는 길이었지만 내 어린 눈에는 완만한 언덕이 구불거리며 산으로 올라가는 먼 길 같았다. 날 업고 오르막을 올라가는 미선이 누나의 등 너머로 밤하늘이 보였다. 달이 떠 있었다.

미선이 누나는 천천히, 아주 천천히 걸었다. 미선이 누나의 등줄기에서 땀이 송글거리는 게 보여 그만 돌아갔으면 했지만 미선이 누나는 걷기를 멈추지 않았다. 낯선 서울에서, 촌수도 계산하기 어려운 먼 친척 집 방구석에서, 잠이 제대로 오질 않았을 것이다. 미선이 누나는 몸을 아주 피곤하게 만들어서 집에 들어가자마자 잠이 들고 싶었을지도 모른다. 어린 내게 아무런 말은 하지 않았지만 말이다. 집으로 돌아오는 길에 미선이 누나의 발걸음이 점점 무거워졌다. 돌아오는 길은 언덕에서 내려오는 길이라

아까 언덕을 오르며 보았던 밤하늘의 달은 이제 뒤에서 비칠 것이라고.

공장은 짧게 운영되다 망했다. 1년 만에 아버지는 우리 가족을 부양하기도 힘들었던 작은 공장을 접었다. 공장에서 일하던 나이 어린 누나들도 뿔뿔이 흩어졌다.

사실, 미선이 누나는 1년도 되지 않아 공장이 망하기도 전에 사라졌다. 자취를 시작한 지 몇 달 되지 않아 근처 다른 공장에서 만난 남자와 같이. 둘 다 스무 살은 되었을까? 어른들은 철없는 청춘 남녀가 눈이 맞아 도망갔다고 얘기했지만, 잠시 몸을 기탁하기에도 타향은 너무 불편했을 것이다. 혼자서는 겁이 나서 도망가지 못했을 것을 둘이라서 할 수 있었던 것은 아닐까? 도시는 시골에서 그리던 반짝거리는 별이 아니었다. 겨우 하루를 보내면 내일은 아무런 희망이 보이지 않는 불편하고 막막하기만 한 서울이란 도시는 창백하게 비치는 달이었을 것이다.

미선이 누나의 소식은 그 후로도 듣질 못했다. 세월이 지나면 "서울 살았던 누구 댁 셋째가 시집갔더라." 하는 이야기가 들려오지만, 미선이 누나의 소식은 한 번도 들리지 않았다.

언덕에서 내려올 때 바라본 달은 고향을 떠올리게 했을 것이다. 시골의 맑은 밤하늘에 여기저기서 반짝거리던 별은 꿈꾸던 미래였지만 도시로 나오면서 그 별들은 희미해지고, 지겨워서 떠나 버린 고향의 달만 점점 커졌을 것이다. 그 누나들은 달이든 별이든 아무 데도 갈 수 없을 거라는 생각을 했을지 모른다. 그래서 도시의 어둠 속으로 사라져 버린 걸까?

용순이 누나의 짐 자전거

초등학교에 입학하기 전, 나는 부모님이 장사하는 시장에서 세발자전거를 타고 놀았다. 시장은 직사각형으로 생겼는데 짧은 면에 가게가 10개 정도 늘어서 있었다. 가게 하나의 폭이 3~4미터 정도였고 세로는 좀 더 길었다. 우리 집은 시장 입구에서 왼쪽으로 세 번째 자리에 '영남상회'라는 상호를 걸고 그릇을 팔았다.

나는 입학할 나이가 되었으나 학교에 갈 수 없었다. 소아마비로 걸을 수 없는 나를 학교에 보낼 방법이 마땅치 않자 부모님은 나의 입학을 미뤘다. 아침 8시면 가게 문을 열고 밤 10시가 되도록 장사를 하던 부모님은 나를 집에 혼자 둘 수 없어서 가게에 데리고 갔다. 그리고 어느 날 세발자전거를 사 주셨다. 발로 페달을 밟을 힘이 없는 내가 페달을 손으로라도 돌리면서 놀라고 말이다. 신기하게도 나는 발로 페달을 밟을 힘은 없었지만, 한 손으로 핸들을 잡고 다른 손으로 무릎을 눌러서 마치 발로 페달을 밟는 것처럼 자전거를 타는 법을 터득했다.

세발자전거를 타고 시장 안을 돌아다니다 보면 주전부리가 하고 싶어진다. 그때 나는 '현주식품' 주위를 강아지처럼 왔다 갔다 했다. 그러면 현주식품 아줌마가 냉장고에서 하드를 하나 꺼내 주었다. 하드를 빨면서 여기저기 다니다 보면 경비원 아저씨가 내 머리를 쓰다듬어 주었다. 때로는 우리 옆 가게인 '곰표밀가루' 대리점의 다섯 살짜리 막내딸 수아가 날 따라다니거나 세발자전거를 밀어 주기도 했다.

강아지도 집에서 멀어지면 겁이 나서 집 주변만 발발거리고 다니듯, 나는 우리 가게를 중심으로 시장의 3분의 2 정도만 돌아다녔다. 반대쪽에는 생선가게들이 주로 있었는데, 바닥에 늘 구정물이 고여 있고 비린내가 많이 나서 넘어질까 봐 겁이 났다. 그래서 포장이 잘 된 구역을 찾아 자전거를 탔다. 그렇게 세발자전거만 타던 나는 어느 날 갑자기 두 발짜리, 그것도 커다란 짐 자전거에 앉는 신분이 되었다. 용순이 누나 때문이다.

청계천에 가면 배달을 전문으로 하는 아저씨들이 있듯
이 동네 시장에도 이쪽에서 저쪽으로, 또는 반대 방향으로
물건을 배달할 일이 있었다. 모두 영세한 가게라서 배달원
을 둘 수는 없는 노릇이고, 여러 가게를 상대로 배달 일을
하는 사람이 필요했다. 우리 시장에서 그 일을 하던 사람
은 아직 시집가지 않은 스무 살 처녀 용순이 누나였다.

용순이 누나가 언제부터 그 일을 했는지는 아무도 모른
다. 시장의 가게는 시골에서 막 상경한 사람들이 새로 차
린 곳이 많아서 오래 전부터 장사를 해온 듯한 사람도 그
곳에서 지낸 지 2~3년에 불과했으므로. 용순이 누나는 그
이전부터 자전거를 몰고 다니며 짐을 날랐을 것이다.

용순이 누나는 늘 짐받이에 뭔가를 싣고 다녔고, 그 커
다란 짐 자전거를 자유자재로 탔다. 크고 무거운 물건을
배달하지는 않았던 것 같다. 체격이 큰 용순이 누나는 외
모가 특이했는데, 턱에 쏙 들어간 보조개가 있었다. 머슴
아이처럼 보여서 그렇지 용모가 떨어지는 편은 아니었다.

세발자전거를 타고 시장 안을 돌아다니던 나는 가끔 시
장 길에서 용순이 누나의 자전거와 마주쳤다. 그러면 용

순이 누나는 보조개가 쏙 들어가게 씩 웃는다. 방긋이 아니라 씩 웃는다고 해야 맞다.

어느 날 나는 시장 입구 쪽에 앉아서 지나가는 사람들을 구경하고 있었다. 한 손으로 무릎을 눌러서 세발자전거의 페달을 밟는 나는 두발로 버텨야 하는 경사진 곳에서는 자전거를 탈 수가 없었다. 그래서 늘 평평한 곳만 돌아다니는 걸 지겨워하던 참이었다. 그때 누군가 갑자기 날 번쩍 들어올렸다. 용순이 누나가 날 안아서 짐 자전거에 태운 것이다.

"누나 꽉 잡아."

나는 영문도 모른 채 하라는 대로 누나를 꽉 잡았다. 내 체구가 작았으므로 내가 꽉 잡은 곳은 용순이 누나의 가슴과 허리 중간쯤 되었을 것이다.

시장 안에서 세발자전거로만 맴돌던 내가 짐 자전거를 타니 갑자기 서너 살쯤 더 먹은 듯 키가 훌쩍 커진 것처럼 느껴졌다. 바람이 획획 불었다. 사실 바람이 분 것이 아니라 용순이 누나가 페달을 밟으니 짐 자전거가 앞으로 쑥쑥 나갔던 것이다. 봄인지 가을인지 기억이 나지 않지만, 시장 밖으로 나가 페달을 밟으며 한참이나 동네를 달렸다. 누나는 그때 배달 일이 없었나 보다.

　이제 집에 가야 되는데...... 내가 속으로 걱정을 할 정도
로 한참 동안 용순이 누나는 자전거 페달을 밟았다. 집과
시장에서만 놀던 내게 짐 자전거 위에서 본 세상 풍경은
신기했다. 자동차가 옆에서 빠른 속도로 씽씽 달리고, 가
까이 있던 사람들은 금세 작은 모습으로 멀어져 갔다. 떨
어질까 무서워 두 팔로 꽉 안은 용순이 누나의 등에서는
엄마와는 사뭇 다른 체취가 났다. 비누 냄새와 땀 냄새가
섞인 용순이 누나의 체취를 맡으며 누나의 냄새는 좀 다
르구나 생각했다.

다음부터 배달을 갈 때 짐이 많지 않으면 용순이 누나는 또 나를 번쩍 들어서 앞이든 뒤든, 짐받이에 날 태우고 여기저기 다녔다. 한번은 짐 자전거를 세워 둔 채로 배달하는 동안 자전거에 앉아서 기다리라고 했다. 길어야 5~10분이었겠지만 용순이 누나가 잠시 없는 동안 나는 낯선 세상에 홀로 떨어진 것처럼 무서웠다. 용순이 누나가 짐을 갖다주고 돌아오자 나는 강아지가 주인이 돌아오면 팔짝거리듯 좋아했다.

1년쯤 지나 나도 드디어 학교에 가게 되었다. 시장에 가서 노는 일이 조금씩 줄어들었다. 그러다 어느 날 갑자기 어머니를 따라 시장에 갔다. 가게 구석에 세워 둔 내 세발자전거에는 먼지가 내려 앉아 있었다. 그걸 꺼내서 막 타려는데 우리 가게에 놀러 온 이웃 가게 아주머니가 말했다.

"용순이 시집간단다."

어머니가 되물었다.

"누구한테?"

"저기 광주인가 전주인가, 시골에서 올라와서 택시 운전하는 총각이란다. 한 달 전에 제일당(동네 제과점)에서 선보고 몇 번 만나더니 결혼하기로 했다 안 카드나. 어물가게(생선가게) 아지매가 중신했다 카데."

"용순이 잘됐네. 부모 없이 학교도 몬 다니고 친척집에 언치살믄서 시장에서 일하느라 맘고생도 많았을 긴데. 인자 결혼하면 다 됐다."

나는 어머니와 옆 가게 아줌마가 대화하는 걸 옆에서 멍하니 들었다. 어린 마음에 갑자기 용순이 누나를 다시는 못 볼 것 같아 겁이 덜컥 났다. 그날은 모처럼 꺼낸 세발자전거로 용순이 누나를 찾아 여기저기 쉬지 않고 돌아다녔다. 그러나 해가 어두워지고 시장에 가게들이 문을 닫을 때까지 용순이 누나를 볼 수 없었다. 컴컴한 시장 길을 나와 엄마와 함께 집으로 가는데 용순이 누나가 있었다.

"오랜만에 시장에 놀러 왔구나."

결혼 날을 받아놓고 시집 갈 준비를 하느라 배달 일을 더 하지 않았던 모양이다. 늘 씩씩하게 짐을 들고 다니던 용순이 누나는 생전 처음 보는 모습으로 무릎을 굽혀 쪼그리고 앉아서 물끄러미 날 본다.

"엄마 말 잘 듣고 이제 학교 가면 공부 잘해라."

용순이 누나의 짧은 청춘은 시집을 가면서 끝이 났다. 시장에서 짐 자전거를 타고 배달하며, 바람을 헤치고 씽씽 달리면서 누나의 청춘은 빠르게 지나갔다. 영화 「첨밀밀」에서 여명과 장만옥이 자전거를 타고 홍콩 시장을 달리던 장면처럼.

초등학교에 입학한 후부터는 시장에 나가서 엄마 옆에서 노는 날이 한 달에 한두 번 될까 말까 했다. 한 해 늦게 입학했지만 구구단 외우기와 받아쓰기에서 선생님의 칭찬을 받는 일이 시장에서 자전거를 타고 다니던 일보다 더 재미있었다. 그런데도 아주 가끔 시장통에서 맡던, 비릿한 어묵 국물 냄새가 생각났다.

어느 날 하굣길에 산동네 언덕을 걸어 올라오던 용순이 누나를 만났다. 한눈에 용순이 누나를 알아봤다. 턱 밑에 커다란 보조개를 가진 사람은 그리 흔치 않았다. 용순이 누나도 금방 날 알아보았다. 등에 아기를 업고 있었고, 시장을 보고 오는 길인 듯 양손에 짐이 한가득 들려 있었다. 난 학교에서 선생님에게 매일 똑똑하다고 칭찬을 받았지만 그립던 용순이 누나를 갑자기 만나자 바보처럼 멍하니 있었다. 용순이 누나는 옆 가게에 들어가 하드를 하나 사 와서 기어이 내 손에 쥐어 주었다.

"어디 보자. 많이 컸네. 공부 잘하지?"

몸을 숙이고 가까이 다가온 용순이 누나의 얼굴에 땀이 송글거린다. 자전거를 태워 줄 때 누나의 등에서 맡던 냄새와는 다른 냄새가 났다. 아기의 체취였다. 난 잠깐 잠들었다 깬 아이가 엄마가 없어 당황하다가 방문을 열고 들어오는 엄마를 보고 울먹거리듯 조금 울먹거렸다.

그 후로 용순이 누나를 본 적이 없다. 언젠가 어머니에게 물어보니 어머니도 어렴풋이 기억할 뿐이었다. 아마 아이를 둘쯤 더 낳고 남편의 벌이를 돕기 위해 또 시장이나 공장에서 일하면서 용순이 누나의 세월은 그렇게 흘러갔을 것이다.

오늘 아침 운전하며 강남역을 지나다 신호등에서 차를 세웠다. 길에는 잠자리 날개처럼 얇고 하늘거리는 옷을 입은 아가씨들이 웃으며 걸어갔다. 그때 시장에서 자전거를 타고 짐을 나르던 용순이 누나도 저들 또래였을 것이다. 숨이 턱턱 막히게 더운 날씨지만 강남역을 걷는 아가씨들의 청춘은 더위 따위 아랑곳없이 싱그럽다. 시장에서 노는 날 번쩍 들어 짐 자전거에 태우고 씽씽 달리는 자동차들 옆에서 자전거 페달을 밟던 용순이 누나. 누나에겐 그날 갑자기 청춘의 어지러움이 왔던 것일까?

구루마, 휠처, 휠체어

중학교 2학년 때 처음 휠체어를 갖게 되었다. 내가 자라던 금호동 거리는 도로가 죄다 낡고 깨졌고, 20~30미터마다 하나씩 높이 20센티미터가 넘는 턱이 있었다. 계단을 거치지 않고는 어떤 건물에도 들어갈 수 없었으므로 나는 휠체어를 본 적도 가진 적도 없었다. 그전에는 다른 방법으로 이동을 했다. 축지법, 순간이동…… 그런 건 아니고 주로 어머니나 친구들이 업어 줬다.

첫 휠체어를 가지게 된 건 사고 때문이다. 중학교 1학년 말에 친구들하고 기마전을 하다가 넘어져 허벅다리를 부러뜨렸다. 걸을 수 없으니 기수를 하라는 친구들 말에 겁도 없이 말의 기수를 했는데, 나를 업고 말 노릇을 하던 친구가 넘어지고 여러 친구들에게 깔리면서 내 오른쪽 다리가 골절된 것이다. 다행히 수술은 안 했지만, 병원도 아닌 접골원에서 마취도 없이 뼈를 맞추느라 지옥을 다녀왔다. 결국 석 달 동안 깁스를 했다.

깁스를 한 채 긴 겨울을 지내고 2학년 첫 등교를 하던 날 또 다리가 부러졌다. 당시 직업이 없어서 돈을 받고 내 등하교를 도와주던 먼 친척 아저씨가 자전거 뒤에 날 태우고 가다 얼음에 미끄러졌다. 이번엔 왼쪽 다리가 골절되었다. 다시 석 달 동안 깁스를 했다. 더 이상 결석을 하면 유급을 하게 될 상황. 이즈음 돈을 잘 벌기 시작하던 아버지는 종로 의료기 가게에서 휠체어를 사 왔다. 처음 본 휠체어는 어른용이라 크고 무거웠다.

처음엔 어머니가 휠체어를 밀고 학교에 갔다. 무거운 휠체어를 여자가 밀기는 쉽지 않다. 지나가던 친구들이 미는 걸 도와주기 시작했다. 나도 처음 타 보는 휠체어였지만 친구들은 그게 무척 신기했나 보다. 이름도 잘 몰라서 내가 부르는 대로 따라한다는게 '휠처', '휠체' 등이었고…… 심지어 '구루마'라고 부르는 친구도 있었다.

「톰 소여의 모험」에서 페인트칠하는 게 싫증 난 톰이 친구들이 지나가면 페인트칠이 아주 재밌는 척 연극을 한다. 그러면 친구들이 "나도 한 번만 칠해 보자." 하며 부탁을 한다. "안 돼. 이건 아무나 할 수 없어." 하고 톰이 능청을 떨면 친구들이 애원하기 시작한다. "톰, 제발 한 번만 칠하게 해 줘! 내가 가진 구슬도 줄게."

내 친구들도 한 번씩 '휠처'를 밀어 보고 싶어 했다. 차마 나보고 내리라고 하지는 못하고 밀어 보기라도 해 보고 싶어 했다. 어느 순간부터 나는 도움을 받는 존재가 아니라 누가 휠체어를 밀 수 있는지 결정해주는 권력자가 되었다. 내가 휠체어에서 내려 나무 의자로 옮겨 앉으면, 권력자의 은혜를 입은 친구들은 미는 것뿐만 아니라 복도를 한 바퀴씩 타 볼 기회를 얻었다. 물론 사이좋게 돌아가면서 한 번씩 탔다.

아무튼 무거운 휠체어를 밀어야 했던 어머니의 고생은 일주일도 지나지 않아 끝이 났다. 친구들이 휠체어를 밀어 보겠다고 서로 나섰기 때문이다. 중학생이라도 남자 아이들은 여자 어른보다 기운이 세다. 첫 주 등교 때 어머니가 뒤에서 무거운 휠체어를 힘겹게 미는 게 마음이 불편했는데 친구들이 밀어주기 시작하자 마음이 편해졌다.

게다가 친구들과 키득거리며 등하교를 하는 게 훨씬 좋았다.

여러 친구들이 휠체어를 밀겠다고 나섰지만 그중 베스트 드라이버는 앞줄에서 세 번째 자리에 앉던 현선이였다. 덩치가 크다고 힘을 잘 쓰는 게 아니다. 현선이는 키가 작았지만 기운이 장사이고 기술은 더 좋았다. 휠체어는 앞바퀴가 작아서 턱을 만나면 앞쪽을 들어 줘야 한다. 요령이 있다. 뒤에 있는 발판을 누르면 앞바퀴가 들리는데, 턱 위에 앞바퀴를 올린 후 밀면 쉽게 턱 위로 올라간다. 계단 한두 개를 오를 때는 마치 인력거를 끌 듯 휠체어를 뒤로 돌려서 당겨야 했다. 이 모든 것을 연습도 없이 바로 터득한 현선이가 '휠처' 미는 기술은 신기에 가까웠다. 올림픽에 휠체어를 미는 종목이 있었다면 현선이는 최소 금메달 세 개는 받았을 것이다. 당연히 나는 현선이가 미는 게 가장 미더웠다.

현선이는 신이 나서 아침에도 우리 집에 와서 자기가 휠체어를 밀고 학교에 같이 가겠다고 했다. 그러면 나는 내 것과 현선이의 가방 두 개를 안아 들었다. 처음에는 어머니가 옆에서 같이 가면서 언덕에서 도왔다. 며칠 후에는 어머니가 같이 갈 필요도 없어졌다. 다른 친구 하나도 아침에 대문에 와서 같이 가자고 기다리기 시작했다.

지금 생각해 보면 신기한 자전거(?)를 밀어 보고 싶은 마음, 친구를 도와주는 의기양양한 모습, 지나다가 어른들이나 선생님이 칭찬해 주는 데 신이 난 어린 마음들이 현선이 안에 골고루 섞여 있었던 것 같았다. 아무튼 현선이와 1~2주를 같이 학교를 갔다. 그런데 현선이도 슬슬 싫증이 났던 모양이다. 겨우 중학교 2학년에 불과하니 당연했다.

현선이가 오질 않았다. 어린 마음에 신이 나서 2주간 같이 등교하자고 찾아왔지만 아마 아침에 일찍 일어나기도 힘들었을 것이다. 하여간 현선이가 나타나질 않았다.

나로서는 어머니가 무거운 휠체어를 미는 상황이 걱정되었다. 어머니가 땀을 뻘뻘 흘리며 밀 생각을 하니 마음이 묵직하고 답답했다. 왠지 학교 가는 길이 멀게 느껴지고 어머니가 짠해서 등교할 마음이 내키질 않았다. 할 수 없이 어머니와 학교로 나서는데, 생각지도 않은 종수와 희준이가 왔다. 둘 다 원래 친했지만 현선이가 드라이버를 한다고 늘 나섰기 때문에 같이 등교하지는 않던 친구들이었다. 둘은 신체 조건이 현선이보다도 월등했다. 같은 반 60명 중에서 뒷줄에 앉던 친구들이라 현선이를 보다 이들을 보면 마치 건장한 청년을 보는 듯했다.

희준이의 휠체어 드라이빙은 영화 「드라이빙 미스 데이지」에 나오는 모건 프리먼이 캐딜락을 몰고 백인 마님을 모시듯 젠틀했다. 반면, 종수는 휠체어 드라이빙의 또 다른 새로운 신공, 스포츠 드라이빙을 보여 주었다.

학교에서 집으로 오는 길에 언덕이 있었다. 오르는 길은 완만한 오르막이었지만 내려오는 길은 급경사가 500미터쯤 펼쳐져 있었다. 종수는 휠체어 뒤에 있는 발판을 이용해서 내리막을 내달렸다. 말하자면 봅슬레이의 방향을 조종하는 뒷주자와 같다. 내리막길의 초입에서 휠체어를 밀면서 서서히 달리던 종수는 휠체어가 가속을 타기 시작하면 땅에서 발을 떼고 발판 위에 올라섰다.

나의 휠체어는 2인 1조의 봅슬레이로 변했다. 구르는 바퀴에 발을 대면 그쪽 바퀴의 회전이 줄어서 방향을 틀 수 있었다. 한편 내가 탄 앞쪽에는 손으로 조작하는 작은 브레이크가 있어서 이것을 당겼다 놓았다 하면 브레이크의 금속 바bar가 구르는 바퀴에 닿았다 떨어졌다 하면서 속도와 방향이 조절되었다.

겁없이 질주하는 2인 1각 레이싱. 우리가 달리는 곳은

당연히 차도였다. 지나가는 자동차 운전자들은 혼비백산
했지만 우린 아랑곳하지 않고 레이싱에 몰두했다.

원숭이도 나무에서 떨어지고 마구를 던지는 투수도 어
이없이 홈런을 맞을 때가 있는 법. 종수와 나는 딱 한 번
번지점프를 했다.

이날은 종수와 나의 호흡이 맞지 않았다. 내리막에 가
속이 붙으면서 종수가 땅에서 발을 떼는 것과 내가 손 브
레이크를 잡는 타이밍이 맞지 않았다. 달리기 시작한 휠
체어의 앞바퀴에 제동이 걸리자 나와 종수는 부우웅~ 공

중에 떴다. 그리고 종수와 나, 휠체어까지 셋이 나동그라
졌다. 그 와중에도 운동 신경이 발달한 종수는 차도 반대
쪽으로 휠체어의 방향을 틀었다.

바닥에 주저앉은 나와 종수는 서로 괜찮냐고 물었다.
다행히 다치지 않았다. 둘 다 멀쩡한 걸 확인한 우리는 누
가 먼저랄 것도 없이 킬킬대기 시작했다. 위험이나 조심,
이런 단어들과는 거리가 멀었던 까까머리 중학생들. 먼지
를 털고 일어난 우리가 한 일은?

아직 200미터쯤 더 내리막이 남아 있었다. 또 봅슬레
이다!

휠체어라는 녀석은 튼튼해서 하나를 사면 몇 년을 타야
낡는데, 우리는 언덕에서 레이싱을 하느라 결국 1년 만에
휠체어 하나를 완전히 깨부줬다. 그렇게 2년을 레이싱을
하면서 등하교를 했다. 그동안 반이 바뀌고 친구들과 만
났다 헤어졌다 하면서 레이서도 종종 바뀌었다.

고등학교에 입학하자 학교가 걸어서 등교할 수 없는
먼 거리에 있어서 휠체어와는 이별을 해야 했다. 고등학
교를 마치고 수술을 한 후에는 나도 목발을 짚고 걷기 시
작했다.

그러자 휠체어를 탈 일이 없었다. 무엇보다 80~90년대

의 한국은 턱이 높은 인도와 계단을 피해서 다닐 수 있는 곳이라곤 거의 없어 느리고 힘들어도 걷는 것이 여러모로 편리했다. 금호동 언덕길을 질주하던 휠체어와의 인연은 이렇게 끝이 나는 줄 알았다.

미국으로 유학을 가니 모든 편의 시설이 다 좋은데 대학 캠퍼스가 너무 넓었다. 수많은 학술지를 수시로 찾아서 논문을 복사하고 그걸로 공부를 하는 일이 대학원생의 생활인데, 두께가 10센티미터에 가까운 학술지 여러 권을 들고 목발을 짚으며 도서관을 걸어 다녀야 하는 일이 너무 어려웠다.

논문을 찾고 두꺼운 학술지를 복사기로 들고 가서 한 장 한 장 복사를 해야 하는데 매번 누구를 시키기가 애매했다. 미국 대학의 도서관은 도서관에서 일하는 아르바이트 학생들에게 부탁하면 찾아 주지만, 수시로 논문을 찾아 훑어보고 복사해서 본격적으로 읽을지 말지를 결정해야 하기 때문에 실질적인 도움이 되진 않았다. 결국 도서관에서 하루 종일 공부를 한다고 가정하면 적어도 30~40번은 일어나서 엄청난 규모의 도서관을 돌아다녀야 했다. 당연히 몸에 무리가 왔다. 어깨와 무릎에 무리가 와서 밤마다 잠을 못 잘 정도로 앓았다.

어느 날 공원을 걷는데, 누가 "헤이!" 하면서 아는 척을 했다. 처음 보는 사람인데 휠체어에 타고 있었다. 일어서면 키가 185센티미터는 너끈히 됨직한 큰 체격의 필리핀 남자가 싱글거리며 웃고 있었다.

"I am Gary. Do you want to play the tennis(나 게리라고 해. 너 테니스 칠 생각 있니)?"

"What tennis(테니스라고)?"

필리핀계인 게리Gary는 사고로 후천적 장애인이 되었다. 운동을 좋아하는 그는 재활을 마치자마자 휠체어 테니스를 시작했다. 휠체어 테니스에도 프로 리그가 있는데, 게리는 프로 선수로 활동하며 전미 랭킹 8위까지 올라갔다. 그러나 프로 선수라도 평소 훈련을 해야 하는 법. 게리가 사는 동네에는 휠체어 테니스를 하는 사람들의 숫자가 많지 않아서, 게리는 늘 같이 테니스를 치는 모임을 만들고 회원을 모집하는 데 열심이었다. 말하자면 지나가는 나를 테니스에 입문시키기 위해 꼬드기는 것이었다.

"난 테니스 쳐 본 적이 없어. 휠체어도 없고."

"괜찮아. 내 꺼 빌려줄게 한번 해 봐."

그러더니 게리는 자기 트럭에서 휠체어를 한 대 더 꺼냈다. 병원에서 볼 수 있는 육중한 휠체어만 타 본 내게 그의 휠체어는 신세계였다. 스포츠용 휠체어는 바퀴가 하도 민감해서 나는 거기 앉아서 처음 바퀴를 굴리자마자 바로 뒤로 넘어졌다. 손끝만 대도 움직이는 민감도를 가진 것이 스포츠 휠체어의 특성이다.

빌린 휠체어로 테니스를 하루 배우자 게리가 말했다.

"제대로 배우려면 너도 휠체어가 한 대 있어야겠지?"

"그렇겠지."

"나 한 대 더 있는데 거의 안 쓴 거야. 살래? 친구니까 싸게 줄게."

게리의 꼬드김에 혹해서 나는 테니스용 스포츠 휠체어를 가지게 되었다. 가격이 무려 2000불이었다. 나중에 알고 보니 모든 것을 주문 제작하는 스포츠용 휠체어는 정가 기준으로 4000불에 가까운 비싼 물건이었다. 나는 큰 도서관에서 목발을 짚은 채로 책을 찾고 들고 다니느라 몹시 힘든 상황이었다. 그래서 운동도 하고 평상시에도 사용할 겸 사기로 했다.

문제는 크기였다. 나에게 딱 맞는다고 게리가 호들갑을 떨어서 그런 줄 알았다. 나중에 아주 오랜 시간이 지나고 새 휠체어를 사면서 나는 게리가 내게 판 휠체어가 내 몸에 지나치게 크다는 것을 알았다. 나보다 체격이 두 배는 되는 게리가 타던 것이라는 걸 왜 생각하지 못했을까? 사실 게리는 주업인 테니스 외에 부업으로 휠체어를 사고파는 일을 했다. 그러니 나한테 한 대를 판 것이었다.

아무튼 그렇게 얻게 된 휠체어에 '액션군'이란 이름을 붙여주었다. 브랜드명이 Action이었기 때문이다. 티타늄으로 만든 액션군은 무게가 병원 휠체어의 4분의 1도 나가지 않는 경량이고, 바퀴를 떼면 자동차 트렁크에 혼자넣을 수 있는 분리형이었다. 다시 말해 그냥 한 손으로 들수 있을 정도로 가벼웠다. 액션군을 타면 마치 군화에 모래주머니를 달고 뛰다가 나이키 에어를 신고 달리는 100미터 달리기의 올림픽 금메달리스트 우샤인 볼트가 된기분이다. 언덕에서 굴러도 사람은 다칠지언정 부서지지 않는 슈퍼 휠체어였다.

결론부터 말하면, 나는 테니스를 조금 배우다 너무 어려워서 작파했다. 휠체어 테니스는 한 손으로 라켓을 쥐고 동시에 그 손으로 바퀴를 굴려야 하는데, 나처럼 손이작은 사람은 상당히 어려웠다. 레저용으로 영입된 액션군은 이제 도서관에서 공부하는 용도로 변경되었다. 액션군을 영입한 후 책을 찾으러 넓은 도서관을 수시로 돌아다니는 일이 아주 쉬워졌다. 평소에는 20분만 걸어도 지쳤는데, 이 녀석과 같이 다니면서 온 동네 구석구석을 다 누볐다.

액션군은 97년부터 나하고 무려 24년을 같이 지냈다. 나와 같이 홍콩의 거리를 돌아다녔고, 샌프란시스코의 언덕길, 출장 간 독일과 프랑스의 성당 앞 돌길, 고등학교 동창들과 갑자기 떠난 베트남 여행도 따라갔다. 그간의 수하물 인식표를 보면 액션군의 비행 기록이 만만치 않다.

이제 세월의 흔적이 가득한 액션군은 은퇴하고 집에서만 활동한다. 20년 이상 나와 함께 지내며 고장 한 번 나지 않고, 터미네이터와 마찬가지로 주어진 명령에 충실했던 액션군은 이제 외부 업무를 다른 후임자에게 맡겼다. 먼지가 풀풀 나는 길거리는 사양하고 실내에서만 우아하게 움직이며 최소 근무만 하고 있다.

의리의 액션군에게 무한한 감사를 보낸다. 공부할 때, 학위를 딸 때, 첫 직장으로 홍콩에 갈 때도 액션군은 내 옆에 있었다. 그놈의 의리 때문에 지금은 늙은 액션군의 잔소리를 꾹 참고 들어 주고 있다. 밤늦게 논문을 쓴다고 앉아 있으면 액션군의 푸념이 들린다.

"고마 내도 등 아프다. 인자 내려가서 니도 좀 자그라."

노병은 죽지 않는다. 다만 옆에서 잔소리를 할 뿐이다.

'액션군'이 나이가 들어 새로운 친구를 영입해야 할 순간이 왔다.

2015년에 교환 교수로 잠시 미국으로 가서 지내는 동안 새 휠체어를 사기로 했다. 휠체어는 아주 비싸다. 시장에서 사이즈를 골라서 사는 기성품이 아니고 사용자의 신체 사이즈를 무려 30군데 이상 정밀하게 측정해서 만들기 때문이다.

바퀴 중심축의 높이는 팔을 뻗었을 때 손바닥 중간에 와야 하다. 가까우면 어깨에 무리가 가고 멀면 미는 힘이 약하다. 옆에서 볼 때 큰 바퀴를 의자 앞쪽으로 가까이 달면 밀기는 편하지만 넘어지기 쉽다. 반대로 뒤쪽으로 달면 안정적이지만 밀기가 어렵다. 뒤로 갈수록 회전 폭이 넓어지므로 한국처럼 실내 공간이 좁은 곳에서 사용하려면 앞쪽에 달수록 좋다.

타이어의 폭과 각도는 출입문의 폭이 좁은 한국에서는 짧게 해야 되고, 공간이 넓은 미국에서는 각도를 벌려서 이동이 용이하게 해야 된다. 의자 좌석의 길이와 폭은 너무 길어도, 짧아도 안 된다. 길면 허리에 부담이 가고 짧으면 답답하다. 사계절이 있는 나라에 산다면 겨울에 외투를 입을 여유 공간도 감안해야 한다. 앞바퀴는 실내 이동이 많은 경우 작은 것으로, 외부 이동이 많으면 큰 것으로 선택해야 한다.

금속의 재질은 또 다른 과제다. 알루미늄은 싸지만 무겁다. 고급품은 티타늄으로 제작하는데, 휠체어 전체를 한 손으로 들만큼 가볍지만 비싸다. 허리를 받치는 좌석을 접을 수 있는 디자인은 차에 넣고 다니기 좋지만 무겁다. 나는 평소에는 목발을 사용하고 장거리를 걸을 일이 생기면 휠체어를 꺼내기 때문에 이것도 고려해야 한다. 이 모든 것은 2주 이상 걸리는 주문 제작으로 이루어진다. 따라서 섣불리 구매를 하면 후회하기 쉽다.

나는 이베이를 검색해서 아주 싼 중고를 사 보기로 했다. 미국 사람들의 체격이 크기 때문에 내게 맞는 사이즈를 찾기가 아주 어려웠다. 그런데 마침 내 눈에 딱 들어오는 걸 찾았다. 아무리 봐도 새것같이 좋아 보이는데 가격이 1000불이었다. 아주 싼 중고를 시험 삼아 사서 타 보고 회심의 역작을 맞춤 제작해 보려는 계획에 어긋났지만 왠지 마음이 당겼다.

10일 만에 거대한 택배 상자가 왔다. 포장을 뜯어 보니 놀랍게도 새것과 진배없었다. 사이즈도 딱 맞았다. 새것으로 맞춘다면 5000불이 훌쩍 넘을 고급 제품이었다. 판매자가 궁금한 것을 물어보라고 해서 이것저것 묻다 보니, 원래 주인은 2012년 런던 패럴림픽 금메달리스트로 현재 뉴욕대 교수였다.

그리하여 새로 온 친구는 우연히도, 아주 우연히도 나에게 딱 맞다. 내구성으로 볼 때 내가 죽을 때까지 새로운 친구를 영입할 일은 없을 것 같다. 완벽하게 준비하고 만나려 했던 세 번째 휠체어는 이베이를 통해서 순식간에 만난 엉뚱한 녀석이 되고 말았다.

인생에선 뭐든 세 번쯤 만난다. 첫 번째 만남에서는 또 다른 만남이 있을 거라고 생각하지 못한다. 두 번째 만남에서는 다른 모든 일이 그렇듯 살기에 바빠서 만남에 큰 의미를 두지 않는다. 세월이 지나고서야 그 만남이 내게 아주 중요한 순간들이었다는 걸 느낀다. 그런 회상을 통해 짜릿하고 완벽한 세 번째 만남을 기대한다. 준비를 하고 또 해도 부족한 것 같은 불안을 가진 채. 그런데 세 번째 만남은 특별히 새로울 것이 없고 여전히 우연이며, 오랜 시간을 살아 봐도 도무지 알 수 없는 물음표를 다시 던진다.

휠체어도 세 번을 만났다. 금메달의 '휠처'였다는 화려한 경력을 거쳐 내게 온 세 번째 휠체어. 영화 「벤허」에 나오는 전차처럼 이 휠체어와 나는 또 몇십 년을 달릴 것이다.

아, 진정 이 녀석들과 내가 그 많은 이야기를 공유한 것일까? 내가 겪은 일들을 물끄러미 바라보면, 그들은 잠시 고개를 돌리고 내 어깨를 툭 친다. "우리가 겪은 게 그리 대단치 않아."라고 말하며 가던 길이나 마저 가자고 한다. 그저 달리는 것이지, 달려온 길에 특별한 의미를 부여하려 애쓰지 말자고 말이다.

때로는 빌지 말고 싸워라

내게는 생물학적인 형도 있고 학교에서 만난 선배 형들도 있다. 그러나 오랜 시간을 같이 보낸 형들이라면 단연코 운전기사 형들이다.

내가 고등학교에 가던 해, 집 근처엔 휠체어를 타고 다닐 수 있는 학교가 없었다. 있다고 해도 그 당시의 길은 휠체어가 다닐 수 있는 상태가 아니었다. 심지어 내가 나중에 입학한 대학도 졸업하고 30년이 지나도록 여전히 내 소속학과 건물에 엘리베이터가 없는 실정이니. 그래서 처음엔 고등학교를 안 가고 검정고시로 고등학교 과정을 끝내려 했다. 모나미 볼펜을 조립하는 공장을 시작하면서 짧은 시간에 돈을 벌게 된 아버지는 고심 끝에 자가용을 사고 건장한 운전기사를 채용해서 나를 등하교시키기로 했다. 자가용은 우리 처지에 생각도 못 한 것이었지만 나의 등하교를 위해서 갑자기 마련한 것이다.

첫 번째 기사였던 34살 부용 형은 몸이 건장했다. 그러나 몸보다 부용 형의 불량기가 더 건장했다. 그 당시는 자가용이 귀한 시절이라 운전면허는 먹고살기 위해 따거나 겉멋으로 따는 경우가 많았다. 후자 중에는 취직이 하기 싫어 놀다가 겉멋으로 딴 면허로 자가용 기사를 하는 경우가 종종 있었다. 부용 형은 후자. 자가용 기사를 하면서 탱자탱자 놀던 동네 건달에 가까웠다. 게다가 부용 형의 게으름은 불량기를 넘어서 이를 잘 닦지 않는 버릇으로까지 굳어졌는데, 늘 누런 이로 싱긋 웃는 모습도 잘생겨 보였는지 결국 공장에서 일하던 가장 예쁜 아가씨와 나중에 결혼을 했다. 부용 형이 회사를 가끔 빠져도 우리 집에 온 첫 운전기사였으므로 아버지는 혼내지 않고 타이르고 부용 형이 결혼할 때 부조도 제법 많이 했다.

게으름을 고치긴 정말 어려운 법. 부용 형은 어느 날부터 일하러 나오질 않았다. 그만두기 전에 내게 한 가지 진심어린 충고를 했다.

"남녀 공학 학교는 절대 다니면 안 된다. 왜냐하면 연애하다가 인생 망친다. 증거? 나 봐라!"

두 번째 기사는 대구에서 올라온 26살 성찬 형이었다. 역시 건장했다. 키가 184센티미터 정도에 체중은 90킬로그램쯤 되어 보였다. 이 형은 초등학교를 졸업하지 않았다. 학교를 한 3년 다녀 보니 너무 재미없어서 집에는 학교를 간다고 나와서 1년 간 등교하지 않았다. 그런데 학교도 부모님도 그 사실을 몰랐다. 시골 마을에 학교가 하나밖에 없어서 아이들이 우글거리니 선생님이 수많은 학생들을 다 기억하지 못했다는 것이다.

성찬 형은 술을 한 잔도 못하고, 담배도 안 하고, 애인도 없고, 말도 없었다. 차도 항상 규정 속도로만 운전했다. 고속도로에서도 규정 속도인 100킬로미터에 맞추고 조금도 과속하지 않는다. 크루즈 컨트롤도 없던 시절에 계기판의 속도계가 두 시간 내내 100에서 꼼짝도 않고 서 있는 것을 보는 것은 흥미로운 경험이다.

그럴 만한 이유가 있다. 초등학교를 중간에 작파한 이 형은 운전면허를 한 20번쯤 보았다. 실기는 단칼에 붙었으나 필기만 19번쯤 떨어졌다. 어떻게 붙은 시험인데 과

속으로 벌점을 받느냐는 게 성찬 형의 지론이었다.

　세 번째 기사 은상 형은 일단 외모부터 설명하는 게 좋겠다. 귀를 절반쯤 덮는 장발을 '올빽'으로 넘겼는데, 이를 하루 종일 유지해야 했으니 엉덩이엔 늘 도끼빗이 꽂혀 있었다. 얼굴의 인상은 좀 설명하기 어렵다. 늘 라이방 선글라스가 얼굴을 절반쯤 덮고 있었기 때문이다. 번쩍이는 검은색 남방에 용무늬 잠바를 걸쳐 입고 아래엔 기지바지(양복바지를 부르던 말), 그리고 광이 펄펄 나는 반부츠(앵클부츠)를 신는 게 은상 형의 스타일이었다. 단추를 두 개 푼 검은 남방 위로 목에는 번쩍이는 금목걸이가 걸려 있었다. 아버지가 어쩌다 시골에 가면 운전 기사로서 아버지의 체면을 세워 주느라 게으른 부용 형도 양복을 입곤 했는데, 은상 형은 점잖은 와이셔츠는 죽어도 입지 않았다.

　은상 형이 내게 충고했다. "남들 다 입는 옷은 절대로 입지 말아라!" 그 충고 때문인지 지금도 나는 모범생 스타일의 옷은 절대 안 입는다.

　은상 형의 체격은 다른 기사 형들에 비해 왜소했다. 170센티미터쯤 되는 키에 몸무게는 60킬로그램쯤 되어 보였다. 얼굴은 깡마른 삼각형으로, 영화 「넘버 3」에서 깡패로 나오는 배우 한석규의 야비한 인상과 체격의 70프로 축소판이라고 보면 된다. 체격이 작아서 날 업고 3층 교실로 데려다주는 데 좀 힘겨워했지만 그 체격에도 풍기는 불량기 포스는 부용 형을 능가했다. 이후에 내가 배운 운전 습관은 이 형님에게 받은 영향이 제일 크다.

"일단 경찰에 걸리면 다음부터는 안전 운전하는 것이 좋지만 걸리기 전까지는 마음껏 운전해라."

여기서 '마음껏'이란 교통 법규를 만들 때의 취지에 따르는 것이다. 다시 말해 반드시 지켜야 한다는 법은 없다는 뜻. 막히면 중앙선 넘어 유턴해서 차량의 밀집도를 해소할 것, 다른 운전자에게 피해를 주지 않는 범위에서 차량의 성능이 허용하는 한도까지 속도를 낼 것, 그러나 사장님이 타시면 사성장군이 탔다고 생각하고 운전병처럼 운전할 것!

아무튼 나하고 잘 놀아 줬던 은상 형은 하교 시간에도 담임이 늦게 끝낸 것으로 말을 맞추고 서울 여기저기를 구경시켜 줬다. 덕분에 난 야간자율학습을 자주 작파하고 집에 늦게 들어갔다. 그러던 어느 날 올 것이 왔다.

그날도 하교 후 88도로(지금의 올림픽도로)를 열심히

달리는 중 커브 길에 숨어 있던 경찰차가 우리 차를 세웠다. 왜냐하면 은상 형이 열심히 달렸다는 것은 '과속'을 의미하기 때문이다. 차를 세운 은상 형이 내게 말했다.

"짬만 기둘리! 형님이 가서 짜바리(경찰을 뜻하는 비속어)하고 야그 좀 하고 오마."

은상 형은 문을 열고 일단 담뱃불부터 붙였다. 그리고 광이 펄펄 나는 부츠로 땅을 일부러 쾅쾅 차며 걸어갔다. 경찰은 나이가 어린 전경이었다.

"과속하셨습니다."

"왜 딴 차는 안 잡고 내 차만 잡어?"

"일단 선생님 차 단속하고 과속하는 다른 차들도 단속할 예정입니다."

"저 봐! 저 봐! 쟤들! 과속하잖아. 쟤들도 잡으라고! 내가 누군지 알아?"

경찰이 영문을 몰라서 차를 보았다. 공교롭게도 우리 차는 그 당시 잘나가던 '그라나다'라는 고급 승용차와 비슷하게 생겼지만 그라나다의 짝퉁격인 '마크 V'였다. 마크 V는 가장 저렴한 포니 바로 윗급인 대중적인 자동차였지만 차를 잘 모르는 사람은 멀리서 보면 그라나다로 오해하기 쉬웠다. 순진한 교통경찰도 그랬던 것 같다.

"알겠습니다. 가셔도 됩니다."

곤경은 벗어났으나 기분이 좀 거시기했다.

돌아와서 말없이 차를 몰던 형은 집으로 가지 않고 신당동의 떡볶이 골목으로 들어갔다. 구석에 있는 가게 한 군데에 차를 세운 은상 형은 맥주 한 병과 콜라 하나 그리고 떡볶이를 시켰다. 그 당시엔 음주 단속이 전혀 없었다. 내게 떡볶이를 먹으라고 하며 콜라를 따라 주던 은상형. 정작 시킨 맥주는 마시지도 않았다.

"나는 딱지 떼면 안 된다. 사장님한테 면목 없고 벌금 낼 돈이 아깝다. 내 월급이 얼만데. 그래도 네가 보는데 짜바리 앞에서 쩔쩔매면 형님이 가오가 안 살지. 안 그러냐?"

"그렇지만 내 행동이 옳은 게 아니다. 너는 공부 열심히 해라."

"난 고등학교 다닐 때 엄마가 주는 주산 학원비를 삥땅 쳐서 여기서 여자애들하고 노느라 공부라곤 생판 안 했다. 그래서 제대로 된 회사에는 취직도 못 했다. 그래도 남자는 어디 가서 절대 빌면 안 된다. 형은 배운 게 없고 말재주가 없어 이렇게 말하지만 니는 머리가 좋으니께 알아서 새겨들어라. 잉!"

나는 은상 형이 하는 말에서 앞 문장과 뒷 문장 사이에 여러 문장이 필요하다는 걸 알아차렸다. 그러나 은상 형이 얘기하는 '옳지 않은 행동'과 '빌면 안 된다'는 말이 서로 동떨어진 말이 아님을 구분해서 알아들었다.

은상 형은 용무늬 잠바를 입을 때마다 가슴 속에 용을 그렸을 것이다. 자신의 모습이 용이 되는 상상을 하면서. 아마도 '옳은 행동' 부분을 미처 그리진 못했지만, 어디 가서 빌면 안 되는 '당당한 모습'부터 먼저 그렸을 것이다.

은상 형은 내가 졸업하기 8개월 전쯤 직장을 그만두었다.

부모님은 은상 형이 일을 그만 둔다니 많이 아쉬워했다. 불량기가 많았지만 그래서 오히려 더 정이 든 것이다. 은상 형은 우리 집에서 일하는 것을 그만두고도 금호동에서 한동안 더 살았지만 볼 수 없었다. 몇 군데 다른 집을 옮겨 다니면서 자가용 기사를 하기도 하고 어떤 술집에서 부장 노릇을 한다고도 했다.

내가 대학 3학년 때쯤, 은상 형이 결혼을 한다는 연락이 왔다. 일터에서 만난 형수와 이미 아기도 낳고 몇 년째 함께 지내다 뒤늦은 결혼식을 올린다고 했다. 형수를 위해서 늦은 결혼식을 해 주기로 한 것 같았다. 마침 부모님은 급한 일로 시골에 가게 되어 나 혼자 부조금을 전하러 갔다. 결혼식 시간은 오후 4시경. 그 당시에는 흔치 않은 시간대였다. 아마 그 시간엔 예식장 사용료가 조금 더 쌌을 것이다.

대한극장 뒤의 행복예식장은 시골 읍내의 결혼식장 같았다. 바닥의 타일 색과 타일 사이에 난 줄눈 색이 유난히 채도 차이가 많이 나서 시골 읍내의 예식장처럼 촌스러웠다. 신랑의 양복도, 신부의 드레스도 모두 예식장에서 빌린 듯 몸에 잘 맞지 않았다. 시골 읍내의 결혼식장과 차이가 있다면 손님이 매우 적고 한산하다는 것이었다. 예식장 안에 식사하는 곳도 없었다. 주례는 어디서 많이 들어본 익숙한 표현을 많이 썼고 딱히 신랑 은상 형이나 신부에 대한 얘기도 아니었다. 결혼식장과 계약을 맺고 주례를 서는 사람이었으니까.

나는 바쁘지 않았으므로 식을 마치고도 의자에 앉아서 양가 가족들이 사진 찍는 것을 구경했다. 혹시라도 사진 찍는 데 오라고 할까 봐 의자 뒤로 살짝 숨어 있었다. 양가 가족을 합해도 20명도 되지 않았고 친구들로 보이는 사람들도 10명 남짓했다.

늦게나마 결혼식을 올린 신부는 웃는 표정이었지만 은상 형 웃음은 어색했다. 원하지 않는 장소에서 원하지 않는 시간에 결혼식을 올려 주는 것이 겸연쩍은 듯 보였다.

식도 올리지 않고 동거하며 지내던 신부에게는 '옳은 일'을 하고 있지만 은상 형의 표정에서 단속하던 경찰에게 호기를 부리던 '당당한 용의 모습'은 사라지고 없었다. 그 때는 자기가 잘못했더라도 절대로 수긍하지 않고 싸웠지만, 이번엔 미루어 두었던 '옳은 일'을 하면서도 여기저기 불안한 시선을 보내며 싸움을 피하는 듯한 모습이었다.

문득 나는 은상 형이 아직도 용무늬 잠바를 가지고 있을까 하는 생각을 했다.

다시 은상 형을 본 것은 몇 년 더 지난 후, 밤 9시. 너무 이르지도 늦지도 않은 밤, 금호동 길거리였다. 이미 술을 꽤 마신 듯 얼굴이 벌건 은상 형은 날 바로 알아보고 반색했다.

"우아! 이게 얼마 만이냐? 야! 이 형하고 술 한잔 해야지? 너도 이제 학생도 아니고 어른이니 술 막 마셔도 돼!"

나이가 들어서 알았지만 아주 늦은 저녁이 아닌 시간에 술이 불콰한데도 혼자 있다는 것은 결코 좋은 상황이 아니었다.

"내가 회사 관둘 때는 나중에 돈 많이 벌어서 너한테 좋은 데 가서 술 사 주려고 했는데, 형은 아직 이렇게 산다. 그래도 형 만나니 좋지? 마셔! 마셔!"

나는 그날 알았다. 은상 형은 용무늬 잠바를 입고 다녔지만 술을 많이 마시지 못한다는 것을. 취한 은상 형은 발음을 제대로 못 하고 말도 꼬였다.

"자가용 기사들은 운행을 안 할 때 세차를 하거나 낮잠을 잔다. 그래서 하루 종일 일해야 되는 직장에 잘 적응을 못해."

"인생은 습관이 중요해. 습관을 잘못 들이면 잘못된 걸 알아도 바꿀 수가 없어."

인생의 굴곡이 많으면 말이 청산유수가 된다. 예전에 은상 형이 신당동 떡볶이 가게에서 얘기를 할 때는 문장 사이에 빈 공간이 많았다. 이번에는 혀는 꼬였지만 문장 사이에 공간이 하나도 없고 마치 미리 준비를 다 하고 말하는 듯 앞뒤가 딱딱 맞았다. 그사이 은상 형은 달변이 되었다. 사실 나는 은상 형을 만나서 아주 반가웠다. 그러나 앞과 뒤의 말 사이가 허술하게 비어 있던 시절의 은상 형이 더 보고 싶었다.

그 후로 은상 형의 소식을 다시 듣게 되는 데 15년도 더 걸린 것 같다. 은상 형은 건축일로 돈을 꽤 많이 벌었다고 했다. 그 당시에는 특별한 기술이 없는 사람들이 허름한 집을 사다가 헐고 다세대 연립주택을 새로 짓는 일을 하는 과정에서 기술을 배우고 경험을 쌓았다. 그리고 그런 일을 몇 번 되풀이 하면서 돈을 벌었다. 그것이 변두리 동네서 살던 사람들이 계층의 사다리에서 겨우 몇 단계를 오르는 유일한 길이었다. 은상 형은 그 계단을 올라탄 것이었다.

언젠가 고속도로 휴게소에서 교통사고를 목격했다. 화물차 운전수가 잠시 한눈을 팔았는지 앞에 서 있던 승용차를 들이받았다. 사람이 다칠 정도는 아니었지만 차의 뒷부분이 꽤 많이 파손되었다. 승용차에서는 양복 입은 사람이 잔뜩 성이 난 채로 문을 열고 나왔다. 그런데 그 남자가 예상치 못한 말을 뱉었다.

"나 변호산데, 이거 어떻게 할 거야?"

짧은 순간이지만 당황하고 미안해하는 표정으로 차에서 내리던 화물차 운전수는 그 말을 듣고 황당한 표정을 짓더니 욕을 하기 시작했다.

"야 씨발, 그래 넌 변호사냐? 난 운전사다. 오늘 너 운전사한테 죽도록 한번 맞아 볼래?"

나머지는 잘 기억나지 않는다. 다만 호기 있고 거만하게 차에서 나오던 변호사의 안색이 하얗게 질렸다는 것은 기억난다. 넥타이 매는 사람들과 작업복 입은 사람들이 멱살을 잡으면 안 된다는 말이 있다. 자신이 잘못한 걸 알면서도 싸우는 사람들은 다 이유가 있다. 싸움에는 잘잘못이 따로 없다. 싸움은 눌려진 좌절이다. 넥타이 맨 사람들은 잘못을 따진다. 그렇다고 그들이 자기 잘못을 인정한다는 뜻은 아니다. 입으로만 따지는 것이다. 싸움이란 집에 걸어 두고 쑥스러워 자주 입지 못하는 용무늬 잠바다.

은상 형은 용무늬 잠바를 다시 꺼내 입었던 것일까? 트럭을 운전하던 사람이 은상 형은 아니었지만 그 순간 난 은상 형을 잠시 보았다. 고등학교 때처럼 반가웠다.

얼빠진 늑대

갑자기 자전거가 앞쪽으로 확 움직였다. 평소에는 겨우 오를까 말까 하는 오르막길에 내가 낑낑거리며 밀던 자전거가 획하고 쉽게 올라갔다. 뒤에서 누가 밀어 준 것이다. 돌아보니 5~6학년으로 보이는 어떤 형이다. 그 형은 특별한 말도 없이 그저 세발자전거의 뒤를 밀었다. 그날부터 시작하여 며칠에 한 번씩 그 형은 하교길에 집에 가다 우연히 날 만나면 내 자전거를 20분 정도 밀며 놀아주고 집으로 갔다. 그 형 이름은 조성도. 성도 형도 한쪽 다리를 절었다.

초등학교에 입학하기 전 세발자전거를 타고 시장 안을

돌아다닐 때 난 우리 가게에서 멀리 가지 못했다. 목줄을 풀어 줘도 담 밖으로 나가지 않고 마당 안에서 노는 강아지처럼 나는 세발자전거를 타고 부모님 가게 근처에서만 놀았다. 한쪽 팔로 한쪽 다리를 눌러서 페달을 움직이던 나는 시장 밖의 세상이 궁금했으나 오르막과 내리막이 있는 시장 건물 밖으로 나갈 수가 없었다. 유리 진열장 너머로 보이지만 먹을 수 없는 초콜릿 케이크 같은 게 내 마음속에 생겨났다.

그런데 어느 날 갑자기 뒤에서 누가 내 자전거를 밀어서 시장 밖으로 내보내기 시작했다. 나중에 알게 됐지만, 성도 형은 학교를 마치면 시장 앞을 지나 집으로 갔는데 그러다 세발자전거를 타는 나를 본 것이다. 한쪽 다리를 절룩거렸지만 성도 형이 자전거를 밀어주면서 나는 평소에 갈 수 없던 오르막길도 씩씩하게 올랐을 뿐만 아니라 바깥세상을 보게 되었다. 초여름 내내 성도 형은 하교 길에 내 자전거를 밀어주었다.

초등학교에 입학하고서는 세발자전거를 타지 않았다. 다 큰 아이가 세발자전거를 탄다고 놀릴 것 같아서였다. 심심해도 시장에도 나가지 않고 집에서 숙제하고 그림을 그리며 놀았다. 지루해지면 작은 대문을 빠끔히 열고 지나가는 사람들을 구경했다. 초등학교 고학년이 되자 시장 옆으로 이사했다. 그런데 이사 간 곳의 앞집이 마침 성도 형의 집이었다. 한쪽 다리를 절룩이며 집으로 들어가는 고등학생을 보았다. 나를 보고 고등학생이 된 성도 형이 씩 웃었다. 별다른 말은 없었다.

아버지 형제가 모여서 구두 공장을 하던 성도 형의 집은 우리 집에 비하면 대궐처럼 컸다. 우리 집은 작은 방 두 개의 재래식 주택이었지만, 성도형의 집은 넓은 마당을 앞에 둔 커다란 이층집. 우리 집의 툇마루에 앉으면 담장 위로 그 집의 이층이 보였다. 부잣집에 사는 성도 형이 대단해 보이기도 했고, 한참 못 보던 성도 형이 앞집에 산다는 것이 더 신기했다.

며칠에 한 번씩, 어머니가 갑갑해하는 날 위해 외출할 때도 반쯤 열어 놓은 대문 틈으로 집으로 돌아오는 성도 형이 보였다. 성도 형은 예전처럼 다리를 절룩이면서 집으로 들어가다가 나와 눈이 마주치면 씩 웃었다. 성도 형도 예전에 내 자전거를 밀어 주던 일을 기억하고 있었다.

5학년 겨울. 큰 눈이 왔다. 우리 집 앞 골목은 좁지만 사람들이 꽤 많이 지나다니는 곳인데 그 골목에 눈이 펑펑

내렸다. 금방 골목 가득 눈이 쌓였다.

집에서 한두 명씩 아이들이 나와 눈을 뭉치며 눈사람을 만드는가 싶더니 어느 순간 한 무리의 고등학생들이 나타나 눈싸움을 시작했다. 어린이들의 눈싸움을 보다가 어른 덩치가 된 고등학생들의 눈싸움을 보니 스펙터클했다. 동네 조무래기들도 하나둘 집에서 나와 골목에서 벌어지는 눈싸움에 끼었다. 눈싸움을 하는 무리에 성도 형이 보였다. 성도 형과 그의 친구들이었다. 가슴이 터지도록 즐겁고 유쾌해 보였다.

나가서 눈싸움을 할 수 없는 나는 대문가에 쪼그리고 앉아서 구경만 했다. 나는 작은 눈뭉치를 만들어서 마치 눈싸움에 끼어서 노는 것처럼 휙 던져 보았다. 멀리 던지면 눈에 띌 것 같아서 앞쪽으로 살짝 던졌다. "야! 너도 일어나서 같이 눈싸움 해!"라는 말을 들을까 겁이 났다.

눈싸움은 더 격렬하고 유쾌해졌다. 어느 틈에 온 동네 아이들이 다 나온 것 같았다. 동네 조무래기들까지 포함해서 두 편으로 나뉘었다. 영화에 나오는 것처럼 눈싸움 한가운데서 신나게 눈을 던지던 성도 형이 우연히 날 보았다. 성도 형은 눈싸움을 멈추고 갑자기 무리에서 빠져 집으로 휙 들어갔다. 조금 후 집에서 다시 나온 성도 형은

큰 대야를 들고 있었다. 친구들은 눈을 던지고 노는데 성
도 형은 눈을 대야에 퍼 담기 시작했다.

그리고 성큼성큼 눈을 가득 담은 대야를 내 앞에 들고
왔다. 눈을 채운 대야를 내 앞에 내려놓은 성도 형은 맞아
도 아프지 않을 정도로 눈을 뭉쳐서 내 얼굴에 던졌다. 나
는 깜짝 놀랐지만 나도 얼른 눈을 조금 뭉쳐서 성도 형에
게 던졌다. 두어 번 던지고 피하던 성도 형은 내 머리를 쓱
쓱 만지곤 다시 친구들과 눈싸움 판으로 돌아갔다.

큰 대야에 가득 찬 눈을 뭉치며 나도 눈싸움에 낀 것 같았다.

밤이 캄캄한데 성도 형이 담 밑에 서 있었다. 이모가 어머니에게 전한 얘기가 있었다. 성도 형이 이층 베란다에 서서 하염없이 밤하늘을 보며 담배를 피우더란다. 어른들에게 걸리면 크게 혼이 날 고등학생인데 말이다. 새벽 장사를 준비하던 어머니가 자정이 넘어서 다시 마당에 나오니 아직도 성도 형은 하늘을 바라보며 있었다. 아래층에 불빛이 있었다. 가족들은 그런 성도 형을 봐도 못 본 척해주는 것 같았다.

성도 형은 그때 무슨 생각을 했을까? 한창 사춘기 나이, 교회에서 만난 예쁜 여학생을 뒤따라가다가 절뚝거리는 자기 다리를 생각하고 성도 형은 걸음을 멈추고 돌아섰을 것이다. 자기는 나중에 연애를 할 수 있을까, 아마 그런 고민을 했을 것이다. 나중에 내가 성도 형 나이가 되니 과연 그 생각이 맞았다.

한 동네에서 수십 년을 살면 동네에서 알던 형들 소식을 부모님을 통해서 뒤늦게 들을 수 있었다. 등굣길에 가방을 들어 주던 우리 반 착한 효진이는 어려운 집안 사정으로 여상을 졸업하고 취직해서 동생들 학비를 보태다 뒤늦게 대학에 진학했고 결혼해서 잘산다고 했다. 또 내 소식을 궁금해한다고 했다. 초등학교 때부터 수시로 가출해서 골목을 떠돌다 시장 구석에서 본드에 취해 잠들던 진석이는 결국 어느 새벽, 시장에서 쓸쓸하게 죽은 모습으로 발견되었다. 우리 가게 앞에서 큰소리로 배추를 팔던 성질 거센 아주머니는 그 많은 세월이 흘렀어도 아직 노점에서 배추를 팔고 있다.

성도 형은 어떻게 되었을까? 사춘기 때 밤하늘 바라보며 담배를 피우던 고등학생 성도 형의 마음속에는 여러 가지 생각이 있었을 것이다. 성도 형의 어머니는 친어머니가 아니었다. 그 형의 소식을 들려준 성도 형의 어머니는 새어머니이지만 형을 무척 아꼈다. 형제가 여럿인데도 형이 제일 잘산다고 했다. 준수하게 생긴 성도 형은 좋은 대학에 진학에서 취직도 했다. 부모가 걱정했지만 그리 늦지 않은 나이에 예쁘고 착한 아가씨와 결혼도 했다. 형제가 여럿이었지만 자라면서 속 한 번 안 썩이고 지금도 형제 중에 제일 잘사는 성도 형이 기특해서 부모님은 자식에게 물려줄 유산 중 덩치가 제일 큰 집을 그 형에게 줬다. 지금은 다른 동네에서 사는지 가끔 명절 때가 되면 한복 두루마기를 입은 성도 형이 선물을 사 들고 금호동의 부모님을 찾아뵈러 오곤 한다.

성도 형은 이제 60살이 넘었을 것이다. 형과 한 번도 제대로 얘기를 해 본 기억이 없다. 지금 생각해 보니 성도 형은 체구가 크고 잘생겼었다.

무리를 지어 사는 짐승들은 가족처럼 다정해 보인다. 그러다 어쩌다 다친 한 마리에게 맹수가 달려들면 무리는 외면한다. 상처 입은 짐승이 포식자에게 먹이가 되면 다른 짐승들은 잠시나마 편하게 지낼 수 있기 때문이다. 그러나 그중엔 정신 나간 녀석들도 가끔 있다. 늑대들은 까딱 잘못하면 자기들도 맹수에게 잡아먹힐 것을 알면서도 상처 입은 다른 늑대 옆에서 서성댄다고 한다. 얼빠진듯한 늑대들. 그러면 상처 입은 늑대를 노리던 맹수는 여러 마리를 다 잡기가 버거워 사냥을 포기한다.

아주 오래전 금호동에 다른 늑대의 상처를 핥아 주는 얼빠진 늑대 한 마리가 있었다. 그 늑대는 내 자전거를 밀어 주고 나와 눈싸움을 했었다.

2

뜨겁던 청춘

눈물

친구 김경희가 서럽게 한참을 울었다. 당황한 담임 선생님은 적절한 위로의 말을 찾지 못했다.

김경희의 어머니는 '인삼찻집'을 했다. 남편을 잃고 딸 둘을 혼자 키우는 경희 어머니가 서울에서 집값이 가장 싼 금호동으로 떠밀려 와서 할 수 있는 몇 안 되는 일이었다. 그 당시 '인삼찻집'이라고 간판이 붙은 집에서는 인삼차를 팔지 않았다. 술을 팔았다.

김경희는 작문 시간에 인삼찻집을 하는 엄마에 대한 글을 썼다. 그리고 돌아가면서 발표할 때 그걸 읽었다. 그러자 누군가 말했다.

"너네 엄마 술집 하는구나."

손기현이라는 자식이었다. 입이 크고 아래턱이 나온 게 배우 이병헌을 좀 닮았다. 그래서 지금도 난 겁나게 연기 잘하는 이병헌을 별로 안 좋아한다. 70명의 아이들은 기현이 말에 인삼찻집이 뭔지 눈치를 챘다. 기현이가 말을 마치자마자 내 친구 김경희는 눈물을 쏟기 시작했다. 감정이 일어나는 것보다 눈물이 더 빨리 흘러나올 수 있다는 걸 그때 알았다. 술집이 뭘 하는 곳인지 알 리가 없는 나이에도 '술집'이란 단어가 주는 어감을 본능적으로 알았다.

서울교대를 나온 예쁜 담임 선생님은 이런 상황에서 어떻게 해야 할지 몰랐다. 선생님은 김경희에게 앉으라고만 했다. 기현이를 혼낸 기억도 없다.

예쁜 김경희가 우는 모습에 나는 떡집 아들 기현이를 때려주고 싶었다. 슬픔은 폭력의 원인이다. 모든 폭력은 나쁘다? 인생 편하게 살았던 사람이나 할 법한 얘기다. 김경희는 선 채로 울었다. 울다가 앉는 것을 잊었다.

아침마다 어머니의 등에 업혀 등교를 했다. 어머니가 날 업으면 난 팔로 어머니 목을 두르고 가방을 손에 들었다. 나의 몸무게는 40킬로그램도 되지 않았지만, 어머니가 느끼는 무게는 가방의 무게까지 포함한 것이었다. 그래서 나는 책 검사를 하지 않는 수업을 기억해 놓았다가 가끔씩 책을 반만 넣었다. 집에서 200미터쯤 되는 학교까지의 거리가 늘 아주 멀게 느껴졌다.

그럴 때마다 슬그머니 와서 가방을 들어 주던 김효진이란 친구가 있었다. 빨랫감을 들고 우물가로 가는 시골 아이처럼 늘 양 갈래로 머리를 땋아서 묶은 효진이. 미국 드라마 「초원의 집」에 나오는 로라 잉걸스 역의 배우 멜리사 길버트처럼 생겼다. 효진이의 어머니도 금호동 시장에서 같이 장사하는 이웃이었다.

아이들은 다른 아이들을 돕는 데도 용기를 내야 한다. 어떤 친구들은 가방을 들어 주면서도 같이 대화를 하지 않고 땅만 보며 걸어갔다. 친구를 돕는 게 쑥스러웠던 것이다. 효진이는 마치 같이 자란 남매처럼 학교에 도착할 때까지 자연스럽게 가방을 들어 주었다.

늘 그렇듯 혼자 지루하게 집을 보는데 갑자기 효진이와 경희가 찾아왔다. 김경희는 효진이의 단짝이었다. 시골 아이 같은 효진이와 인삼찻집 딸 경희를 보면 착한 아이들은 착한 아이들끼리 서로 친구가 된다는 걸 알 수 있다.

"어! 너네 웬일이야?"

남자애들과 여자애들이 잘 어울려 놀지 않던 시절이었다. 나는 여자애들이 우리 집에 놀러 와서 놀란 것보다 종일 집에서 지루하게 지내다 친구가 찾아오니 기쁜 마음이 앞섰다. 뭘 하고 놀았을까? 요즘처럼 집에 음료수나 과자가 있는 것도 아니었고, 같이 뭘 먹은 기억도 나지 않는다. 풍선을 불어서 그걸 가지고 논 기억이 어렴풋이 난다. 아마 숙제도 같이 했을 것이다. 그날은 모처럼 시간이 가는 줄 모르고 놀았다.

그 후로 어머니가 날 업고 학교에 갈 때면 가방을 들어주는 친구가 하나 더 늘었다. 김경희였다.

효진이는 대학을 가는 대신 여상을 졸업하고 취직을 했다. 넉넉하지는 않지만 성실한 아버지와 어머니를 둔 효진이네 남매는 서로 양보하면서 누구는 제 나이에, 누구는 조금 늦게나마 모두 대학을 갔다. 효진이는 상업고등학교를 졸업하고 4년쯤 일을 하면서 언니가 대학 다니는 걸 도왔고, 친구들이 대학을 졸업할 무렵이 돼서 전문대학을 갔다. 이번에는 효진이 언니가 학비를 보탰다.

그 효진이가 시집을 갔다. 직장을 다니다 대학을 늦게

가느라 결혼도 남들보다 많이 늦었다. 오랫동안 시장에서 장사하며 동네 사람들을 많이 알았던 어머니는 효진이 결혼식에 가기로 했다. 나도 어머니와 같이 갔다.

웨딩드레스를 입고 신부 대기석에 앉은 효진이가 '어머나'를 연신 외치며 반가워했다. 효진이는 이제 양 갈래로 땋은 머리는 아니지만 여전히 「초원의 집」에 나오는 다정한 로라 같았다. 그날은 아주 행복한 로라였다.

그런데…… 신부 대기석에 김경희가 있었다. 초등학교를 졸업하고 처음. 아주 오랜만에 만나는 것 같았지만 나이가 들어 보니 졸업하고 겨우 10년 남짓한 시간이었다. 사실 10년 동안 크게 변하는 건 없다.

"와! 경희구나."

"응! 반갑다. 이게 얼마만이야?"

"어머니는 잘 계셔?"

내가 이 질문을 왜 했을까? 난 경희 어머니를 한 번도 뵌 적이 없는데.

"응. 아주 편하게 잘 지내셔."

경희가 웃으며 대답했다. 10년도 더 지나서 만난 사이지만 아직 노모를 모시는 나이도 아닌데 어머니 안부를 묻는 게 어색하다. 하지만 부모님끼리도 잘 아는 친한 사이에서나 나올 법한 대답을 자연스레 하는 경희. 김경희는 손기현 때문에 흘린 눈물을 잊지 않았던 게 맞았다. 신부 대기석에서 뭘 더 물어볼 여유는 없었다. 언뜻 본 경희는 한눈에도 부티가 흘렀다. 참 잘됐다. 곧 결혼식이 시작된다고 해서 신부 대기석에서 나오는 데 신부 옆에서 머리를 매만져 주는 경희가 보인다. 마치 로라의 언니 메리 잉걸스 같다. 나중에 선생님이 되는 여성스럽고 예쁜 메리 잉걸스.

동환이의 썬데이 서울

동환이는 나보다 네 살이 많았다. 우리가 14살일 때 자기는 18살이고 주민등록증이 이미 나왔다고 했다. 물론 학교에서는 우리 둘 다 중학교 2학년이었다.

"왜? 왜 벌써 주민등록증이 나와?"

"꿇어서 그렇지. 아마 입학도 몇 년 늦었을걸."

내 눈에도 동환이가 우리와 같은 나이로 보이진 않았다. 그런데도 형이라는 말은 나오지 않았다. 한글도 잘 못 읽는 동환이와 나는 그냥 중학교 2학년 친구였다. 나와 다른 친구들이 '동환아!' 하고 불러도 동환이는 아무렇지 않은 것 같았다.

부모님과 형, 누나는 늘 늦게 귀가했으므로 학교를 마

치고 저녁까지 집은 내가 지켰다. 거의 매일 친구들이 왔다. 우리 집에 놀다 가는 친구들은 주기적으로 바뀌었는데, 언제부터인가 동환이가 놀다 가기 시작했다. 아무도 없는 빈집에서 나보다 네 살이 많은 동환이는 다른 친구들에게 가르쳐 줄 게 많았다.

어느 날. 동환이는 가방에서 꾸깃꾸깃한 책을 꺼냈다. 영어책이다. Playboy는 읽을 줄 알았지만 이건 좀 어려웠다. Hustler허스틀러? 중학생인 우리들은 '허슬러'라고 발음해야 하는 줄도 몰랐다. 「플레이보이」는 승일이라는 친구가 오래전에 보여 준 적이 있었다. 승일이는 다들 아침 조회를 나가고 아무도 없는 교실에서 몰래 잡지를 보여 줬는데, 잡지에 나오는 모델들은 하나같이 옷을 벗었어도 아무런 느낌이 들지 않았다. 그냥 동네 옷 가게 모델 같았다. 그러나 허슬러에 나오는 벌거벗은 모델을 보니 부끄럼이 밀려왔다.

동환이의 설명이 시작된다. 우리보다 네 살이 많아도 책을 잘 못 읽던 동환이가 그림을 설명하는 데는 청산유수다. 동환이의 설명은 학교 선생님이 하는 말보다 귀에 쏙쏙 들어왔다. 진식이가 물었다.

"여자는 그게 없네."

"당연하지. 아니다. 있긴 있어. 없으면 오줌을 어떻게 누냐?"

동환이의 거침없는 설명은 생물 선생님의 조심스러운 말보다 알아듣기 쉬웠다.

"우린 고추라고 하는데, 뭐라고 부르냐. 저건?"

다시 질문을 하는 진식이의 표정이 그리 정직해 보이진 않았다. 나는 내가 궁금한 걸 진식이가 대신 물어봐서 그저 다행이라고 생각했다.

"음. 저건 보문동(19금)이라고 한다."

동환이도 침이 마르는지 가방을 뒤져 담배를 꺼냈다. 18살이니 동환이가 담배를 피우는 모습이 하나도 이상하지 않았다. 나는 동환이가 피우는 담배에서 나오는 연기를 한 눈으로 흘낏 보고 나도 한 번만 피워 보자고 말을 하면서도 눈은 잡지에서 떨어지지 않았다.

같은 서양 사람이지만 당시 인기 좋았던 놀란스의 막내 금발가수는 분명히 예쁜데, 허스틀러(?)에 나오는 금발 모델은 예쁘지 않았다. 아니, 예쁜 것은 틀림없는데 뭔가 그런 표현은 어색하고 어울리지 않았다. 이쁘다, 예쁘다, 아름답다…… 이런 표현 말고 다른 게 있을 것 같았다.

「허스틀러」가 눈으로 보는 교재였다면, 동환이가 나중

에 가져온 「썬데이 서울」은 활자로 보는 교재였다. 특히 '고민상담'이라는 코너는 가장 풍부한 지식창고였다. 교재까지 무료로 제공하는 동환이의 열성적인 교육과 부교재 「썬데이 서울」로 우리는 2주 만에 남자가 알아야 할 것을 모두 배웠다.

우리의 교육이 시들해질 무렵, 동환이가 자기의 첫 경험을 얘기해 준다고 나섰다. 여태 배운 것이 총망라되는, 말하자면 간접적 관찰 수업이 되겠다. 상대는 자기 집에 세를 살던 누나라고 한다. 순진한 내 귀에도 뭔가 이상했지만, 그래도 우리는 동환이의 첫 경험(첫사랑이 아니다) 얘기를 진지하게 들었다. 동환이가 얘기 중에 대충 넘어가려는 때마다 우리는 동환이의 말을 가로막고 상세한 설명을 요구했다.

나는 동환이가 구라를 치는 걸 금방 알았다. 자신은 처음인데 상대는 황홀해했다는 데서 말이다. 그러나 진실은 지루하고 구라보다 감동이 떨어진다. 적재적소에 실감나는 형용사와 의성어, 의태어를 리얼하게 사용하는 동환이의 구라는 귀로 듣는 에로 영화였다. 그 후로 몇 주 동안 우리는 「애마부인」과 「산딸기」와 「엠마뉴엘 부인」이 동시에 상영되는 듯한 동환이의 구라에 빠졌다. 극장에 가면 팸플릿을 사듯이 동환이는 오랜 구라를 마치면서 진식이와 내게 「허스틀러」를 한 권씩 줬다. 소설에 나오는 벽장이 없으므로 나는 「허스틀러」를 책상 서랍 밑에다 테이프를 붙여서 몰래 감추느라 애를 꽤 많이 썼다. 동환이의 구라가 점점 앞뒤가 안 맞고, 동환이가 아니라 남자배우 한 명이 구라 속의 주인공 같다는 생각이 들고, '허스틀러'가 아니고 '허슬러'라고 발음해야 한다는 걸 알게 될 때쯤 동환이는 학교에서 볼 수 없게 되었다.

중학교 3학년 한 학기 앞두고 사라진 친구들이 제법 된다. 정체불명의 서클(요즘의 동아리)에 가입해서 패싸움을 하다가 퇴학당한 친구들의 숫자가 제일 많지만, 그냥 어느 날부터 싱겁게 학교를 그만둔 친구들도 있다. 학교를 가지 않아도 선생님도 모르고 부모도 모르는 채로 한 달쯤 시간이 지나며 학교와 '바이바이'하게 된 아이들이다. 심지어 반에서 늘 1등을 하던 모범생인데도 남보다 훨씬 조숙해서 어떤 여중생 하나와 같이 가출해 아주 사라진 친구도 있었다. 옆 동네를 지나가는 국철에서 알 수 없는 이유로 기차에 깔려 죽은 친구도 있었다.

동환이는 그냥 언제부터인지 보이지 않게 된 쪽이었다.

중학교를 중퇴했으니 동환이의 학력은 국졸이다.

페이스북은 놀랍다. SNS로 친구 요청이 들어와서 보니 초등학교 시절 전학 가기 전에 친했던 친구였다. 초등학교 4학년 때 전학을 가면서 헤어진 친구를 SNS가 아주 쉽게 찾아 주었다. 그 친구와 친구 맺기를 하니 그 친구의 다른 페친들이 쭉 뜬다. 그중에 낯익은 이름들이 있었다. 동환이였다.

동환이에게 SNS 계정이 있다는 데 우선 놀랐지만, 공개된 친구들을 보니 낯익은 얼굴이 몇 명 보인다. 생일을 따져 보니 나보다 네 살이 많다. 동환이가 맞았다. 부인이 미인이다. 이리저리 읽어 보니 스무 살 전에 연상과 결혼한 모양이다. 우리 집 마당에서 구라를 치던 걸 결국 지켰다. 상대는 달랐지만.

중학교 때 학교를 떠난 친구들은 당연히 경제적으로나 가정적으로나 대개 잘 안 풀렸다. 그런데 사진에 나온 동환이의 옷차림이 괜찮다. 여유 있게 골프 치는 사진이 여러 장 있었다.

어느 날 아침에 눈을 뜨고, 그냥 가기 싫어서 나가지 않게 된 학교. 그 길로 학교는 동환이에게 딴 세상이 되었다. 동환이가 학교에 가지 않고 방에서 나오지 않아도 동환이의 부모님은 그냥 내버려두었다. 적령기보다 4년이나 늦게 동환이를 입학시킨 부모님은 학교라는 곳은 애초부터 동환이와 맞지 않는 곳이라 짐작했을 것이다.

집에서 빈둥거리며 보낸 시간이 1년 반쯤. 중학교도 중퇴한 동환이가 갈 곳은 동네 공장밖에 없었다. 동환이 어머니가 이웃집 아주머니에게 부탁해 그 아주머니의 먼 친척이 하는 공장을 소개 받았다. 공장에 가서도 동환이는 일재간이 없어서 남들보다 배우는 것도 느리고, 늘 가장 늦게 일을 마쳤다.

그래도 동환이는 공장을 다니는 게 좋았다. 어쩌다 직원들과 소주를 마시면서 다른 직원들이 핀잔을 줘도 동환이는 웃었다. 소주가 맛있고 같이 먹는 제육도 좋았다. 담배도 같이 피웠다.

"이 사람은 사람들한테 맨날 무시당하는 데도 맨날 웃어요. 히히거리는지 헤헤거리는지 표현도 잘 못 하겠어요. 씩 웃는다고 해야 하나."

옆에서 말을 거드는 순희 씨. 동환이의 아내다. 동환이를 놀리면서 자기도 계속 웃었다.

공장에서 만난 순희 씨. 동환이보다 두 살이 많으니 나보다 여섯 살이 많은 셈이다. 순희 씨는 바보 같은 표정의 동환이가 좋았다. 사람들이 무시해도 히히 웃는 동환이. 때로는 모자랄 정도로 순한 동환이가 좋았다. 동환이와 순희 씨는 곧 동거를 시작했다. 「허스틀러」를 보여 주며 구라를 치던 이불 속 신공을 실전에 사용했는지는 모르겠다. 동환이가 돈을 벌어 오지 못해도 순희 씨는 구박하지 않았다. 자라면서 늘 아버지에게 얻어맞았던 순희 씨는 머리 좋은 사람도, 돈 많은 남자도 관심 없었다. 착한 사람이면 됐다. 혼자 벌어서 모자란 것은 순희 씨가 벌어서 보탰다. 공장이라도 약은 사람들이 넘치는 곳에서 동환이는 맨날 사는 게 그랬다.

딸이 생기자 순희 씨는 일을 나갈 수 없게 되었다. 지금까지는 둘이 벌어서 그럭저럭 살았지만 이제 동환이 혼자 벌어서는 갓난애의 분유값을 대기가 벅찼다.

동환이 부부는 시골로 가서 농사를 짓기로 했다. 서울서 자란 동환이지만 전라도 깡촌에 증조부가 물려준 땅이 있었다. 아직도 농사를 짓는 큰아버지에게는 아들이 있었지만, 다들 깡촌에서 살기 싫어 학교를 마치고 모두 떠났다.

시골에서 동환이는 아무에게도 무시당하지 않았다. 일꾼이 없이 혼자 농사짓는 큰아버지에게는 손이 느린 동환이도 큰 힘이 되었다. 제 또래 하나 없는 시골이지만, 순희 씨도 돌아가신 큰어머니 대신 큰아버지 집에 드나드는 이웃집 과부 아주머니와 정을 붙이고 친구보다 더 친하게 지냈다.

"사람은 마음이 착하면 되지. 우리는 삼시세끼 잘 먹잖아. 그러면 행복한 거지."

단지 순희 씨의 마음속에 딱 하나 걸리는 게 있었다.

"그래도 우리 애는……."

딱 하나 있는 딸만은 공부도 잘하고 잘 자라기를 바랐던 순희 씨. 그런데 괜한 생각 같았던 그 바람은 엉뚱하게 해결되었다.

동환이 살던 동네에 길이 났다. 고속도로가 뚫렸다. 하필, 때마침 말이다. 천운이라는 말도 필요 없었다. 큰아버지의 땅 옆으로 지나가는 고속도로가 생겼다. 넓고 넓어서 농사짓기에 엄두도 안 나던 부지였다. 천성이 착하지만 게을렀던 동환이는 열심히 악착같이 돈 벌자고 고생하면서 땅을 개간하기 싫었다. 토질이 좋아서 개간만 하면 농사가 잘될 텐데 생각하면서도 조카와 오순도순 사는 게 좋았던 큰아버지는 혹시 힘들어서 시골을 떠날까 봐 동환이를 다그치지 않았다. 그렇게 내버려두었던 땅들이 엄청난 돈이 돼서 돌아왔다.

큰아버지와 동환이와 그리고 객지로 떠난 사촌 형의 몫까지 계산해도 보상받은 땅은 넓었다. 개간하지 않고 내버려둬서 오히려 사람들이 사려고 하지 않았고, 그래서 그동안 넓은 땅을 팔지 않고 가지고 있었던 것이다. 진작에 개간해서 팔았으면 돈이 얼마 되지 않았을 것이다. 아무짝에도 쓸모없는 땅이라고 생각하고 그냥 내버려 둔 것이었다.

수십 년 만에 만난 동환이와 순희 씨에게 들은 지난 스토리의 줄거리다.

요즘 내기 골프를 치면 동환이는 늘 잃는다. 동환이가 내기에서 이기면 약삭빠른 친구들은 이 핑계, 저 핑계를 대면서 내기값을 안 주지만, 동환이가 지면 빠짐없이 돈을 뺏어 간다. 같이 골프를 치는 친구들에게 밥도 늘 동환이가 산다. 그래도 동환이는 좋다.

구겨진 「허스틀러」를 꺼내 네 살 아래 친구들에게 보여주며 자신의 첫 경험을 구라치던 동환이의 모습을 순희씨는 절대 모를 것이다. 커다란 주택에서 송이버섯을 구워 주는 순희 씨를 볼 때 나는 그 얘기를 해 주면 얼마나 재미있을까 속으로 생각하면서 혼자 웃었다. 수십 년 만에 만난 시간은 금방 지나갔다.

"그려. 친구야 잘 가더라고잉. 오랜만에 만났는데 섭섭해서 어쯔까. 그라도 담에 또 보자."

시동을 걸고 차가 움직이자 수십 년 만에 만난 동환이가 손 흔드는 모습이 백미러에서 조금씩 멀어진다. 그래도 거울속에서 작아지는 몸집과는 달리 동환이의 모자라고 사람 좋은 웃음은 줄어들지 않는다. 동환이의 웃음은 처음 그 자리에 그대로 서 있다.

알고 보면 모자라다는 것과 사람 좋다는 말은 같은 뜻인가 보다. 배웅할 때 동환이가 하던 인사말이 전라도 사투리인지 충청도 사투리인지 헷갈리지만, 그리고 동환이가 물려받아 비싸게 판 땅이 전라도가 맞는지도 확실하게 기억나진 않지만, 아무래도 좋다.

그날 나는 학교에서 조퇴하느라 보질 못하고 친구들에게 들었다. 체구가 커서 이미 성인이라고 해도 이상하지 않던 윤홍이와, 나이는 많아도 오히려 제 나이보다 왜소한 편이었던 동환이가 짤짤이를 하다 시비가 붙었다. 윤홍이는 짤짤이를 하다가 본인이 돈을 잃어도 돌려주지 않기로 유명했다. 시비가 붙은 이유는 내 눈으로 보지 않았어도 짐작이 간다. 40년 전의 일을 아무도 정확하게 기억할 수는 없지만, 둘은 어느 순간부터 주먹질을 시작했다고 한다.

내가 중학교를 다니던 시절에 늘 한두 살 늦게 학교에 들어온 친구들이 주먹질로 유명했다. 그러나 동환이가 주먹질하는 걸 본 적은 없었다. 나이가 많으니 주먹질도 잘한다고 생각하고 다들 피했는지도 모르겠다. 아니면 동생 같은 친구들과 주먹질을 해도 잘해야 본전인 동환이가 피했을 수도 있다. 그 나이 땐 싸움이 벌어지고 나면 아무리 불리해도 자존심 때문에 물러설 수가 없었다.

체구가 크고 평소에도 포악스럽던 윤홍이를 동환이는 이길 수 없었다. 어느 순간부터 윤홍이가 자기보다 네 살 많은 동환이를 마구 두들겨 팼다. 말리던 친구 몇 명조차도 윤홍이에게 한 대씩 맞고 다시 말릴 엄두를 내지 못했다.

"그만혀! 그만 때려. 이 새끼야. 내가 니 형뻘이여!"

일방적으로 맞던 동환이가 외쳤다. 그간의 서러움, 분노가 모두 섞인 절규였다. 네 살이나 늦게 학교를 간 것은 동환이의 선택이 아니었다. 동환이에게는 자신보다 네 살

어린 친구들과 지내는 학교조차도 무섭고 두려운 곳이었을 것이다. 그날은 친구들이 동환이를 학교에서 본 마지막 날이었다.

세상은 누구에게도, 어느 나이에도 잔인한 곳이다. 잘살고 못사는 게 노력과 상관이 전혀 없지는 않지만 노력한다고 잘산다는 보장도 없다. 잘 모르는 사람들의 눈에 동환이는 엄청나게 운이 좋은 사람으로 보일 것이다. 그렇지 않다. 동환이에게는 잘살아야 할 이유가 많이 있었던 것이다. 사람들은 자기가 잘 모르는 것을 쉽게 인정하려 하지 않는다. 누가 잘살고 못살아야 하는지 판단할 능력과 권리는 사실 누구에게도 없다. 우연이 마구 섞인 혼란 속에서 우린 의미와 규칙을 찾아 헤맨다. 그런 와중에도 집단적인 착각 속에서 세상은 잘도 굴러간다. 아니, 잘 굴러가는 것도 아니다. 세상이 잘 굴러가야 한다는 생각도 어쩌면 과욕이다. 저마다 원하는 선택을 할 뿐이니까.

추석의 차용필

추석의 정취는 묘하다. 처서가 지나서 아침저녁으로 부는 바람에 무더운 여름이 이제 겨우 끝나 간다는 시원한 희망이 묻어 있다. 추석 즈음의 서늘한 공기는 한 해의 마지막 계절인 겨울이 온다는 미약한 신호 같기도 하다. 겨울은 계절의 끝이다. 여름 내내 더위와 땀에 지쳐 잊고 있었지만, 추석 공기가 전해 오는 신호 덕에 올 한 해도, 나도 끝을 향해서 가고 있다는 걸 새삼 느낀다. 이때부터는 석양 무렵 가라앉는 해가 안쓰러워 보인다. 저 해가 내일 아침이면 부지런하게 떠오를 거라는 생각이 금방 나지 않는다. 늘 떠오르고 지는 해지만, 이번에는 작별을 고하고 멀리 떠나는 친구 같다. 그래서 추석 즈음에는 새벽에 자주 잠을 깬다. 아직 어둠이 가시지 않은 불투명한 빛 속으로 잊었던 사람들이 다시 돌아온다. 명절에 차례를 지내러 고향 집으로 내려오듯.

차용필로 불리던 내 친구 차용섭은 공부는 그다지 잘하지 못했지만 노래 실력이 발군이었다.

배명숙 작사, 조용필 작곡의 「창밖의 여자」는 아무나 부를 수 있는 노래가 아니다. 작은 바가지로 물을 붓는 것처럼 서서히 들어오다가 어느 순간 갑자기 몸이 떠내려갈 듯 거센 파도를 퍽 치며 밀물처럼 절정을 향해 서서히 올라간다. 숨이 막히는 높은음까지 흔들리지 않고 같은 목소리를 내야 한다. 로커 김경호 정도면 쉽게 부르겠지만 음만 높다고 되는 게 아니다. 조용필 형님만의 감동 포인트는 따로 있다.

반주가 없을 때 노래를 멋지게 하긴 쉽지 않다. 볼륨을 10에 맞추고 봐야 하는 TV를 볼륨 5로 볼 때처럼, 평범한 가수의 목소리는 보이지도 않는 공기 속에 고립되고 갇혀서 잡아먹힌 것 같다. 그렇지만 노래 잘하는 가수의 목소리는 부르는 사람과 듣는 사람 사이에 있는 공간을 한 치의 빈틈도 없이 가득 채운다. 용섭이의 노래가 그랬다.

어느 날 수업을 이어가기 귀찮았던지 기술 선생님이

"야, 누구 나와서 노래 좀 해 봐."라고 했다. 잠시 조용하더니 누가 용섭이를 쿡 찔렀다. 순전히 우연이었다. 용섭이는 교탁에서 잘 보이지도 않는 뒷줄 세 번째 자리에서 쭈뼛거리며 일어나더니 쑥스러운 표정으로 노래를 부르기 시작했다. 조용필이 대마초 파동으로 활동이 묶였다 풀린 후에 재기하며 부른 「창밖의 여자」. 그 당시 공전의 히트곡이다.

"누~가 사랑을 알~흐음답다~ 했는가~"

성악을 전공하지 않았어도 조수미의 노래가 다른 소프라노와 천지 차이라는 건 누구나 알 수 있다. 용섭이가 얼떨결에 일어나 부른 「창밖의 여자」는 마치 노래 속에 나오는 여자가 노래의 매력에 빠져서 골목에 부는 바람을 맞으며 산발한 머리 그대로 문이라도 부수고 들어올 것처럼 좋았다. 반주만 있었으면 조용필 형님이 일정이 바쁠 때 용섭이를 대신 내보내라고 해도 될 정도였다.

교실에서 우연히 옆구리를 찔려 데뷔한 용섭이의 노래 실력은 선생님들 사이에서도 소문이 났다.

"여기 노래 잘하는 사람 있다며? 나와서 불러 봐."

생물 선생님, 국어 선생님, 체육 선생님, 들어오는 선생님들마다 용섭이에게 노래를 시켰다.

스타는 사람들의 환호가 있어야 만들어진다. 재밌는 일이라고는 눈곱만큼도 없던 서울 변두리의 시커먼 남자 중학교에서 용섭이의 노래는 요즘으로 치면 BTS의 탄생이었다. 도입부 "기도하는~"이 시작될 때, 친구들은 용필 형님을 알현이라도 한 것처럼 환호성을 질렀다. 사실 우리야 용섭이 노래를 여러 번 들었으니 감동이 또 오겠는가? 무료하고 심심한 시절에 환호성을 지르며 흥분에 빠지는 분위기를 즐긴 것이지.

이제 다들 용섭이를 '차용필'이라고 부르기 시작했다. '차용필'이 되어 버린 용섭이는 엉뚱한 꿈을 갖게 되었다. 본인도 공부를 못하는 걸 알아 나중에 공부로 성공해야지 하는 꿈은 진즉에 버린 터. '가수'가 되겠다는 새로운 꿈이 생겼다. 그런데 사람이 행복하게 살려면 재주가 하나만 있어야 한다. 용섭이는 노래도 잘했지만 겁나게 잘하는 게 또 하나 있었다.

TV에 나오는 모든 것은 아이들에게 경외의 대상이었다. 복싱도 그중 하나였다.

1977년, 홍수환 선수가 '지옥에서 온 악마'라고 불리던 파나마의 카라스키야에 네 번을 맞고 쓰러지고도 다섯 번째 다시 일어나 그를 때려눕히고 드라마처럼 세계 복싱 챔피언이 되었다. 우리나라는 복싱의 열기에 빠져들었다. 1980년에는 링의 교수라는 '미구엘 칸토'를 이기고 박찬희가 챔피언이 되었고, 내가 중3이 되던 1981년에는 김철호와 김환진이 챔피언이 되면서 복싱의 열기는 절정에 치달았다. 복싱 챔피언은 청소년들의 아이돌이었다.

일본 만화 「내일의 죠」의 해적판으로 청소년 잡지에 연재된 「도전자 하리케인」은 거기에 비현실적인 낭만의 색을 덧칠했다. 「내일의 죠」의 주인공 야부키 죠(백만리)는 돈이나 명예에는 관심 없고 자신을 좋아하는 여자 프로모터 겸 매니저인 요코(윤희)에게도 무심하며, 오로지 승리를 위해서 모든 것을 하얗게 태운다. '죽어도 좋다. 단 한 번이라도 멋진 승리를 위해서라면.' 마지막 경기를 시작할 때 야부키 죠의 독백이다. 매일 소년원에 끌려가는 것처럼 빡빡 깎은 머리로 학교에 다니던 우리들에게, 의미 있다고 믿는 단 한 가지에 목숨을 거는 「내일의 죠」는 실제로 세상에 존재하지 않지만 마치 옆에서 살아 숨 쉬는 것 같은 아이돌이 되었다.

그러자 「내일의 죠」를 따라서 복싱에 인생을 걸겠다는 친구들이 나오기 시작했다. 여름날, 저녁이 되면 동네의 공터에는 저녁을 먹고 나온 아이들이 하나둘씩 나타나 복싱 경기를 시작했다. 링은 없었지만, 학교 앞 문방구에서 산 싸구려 비닐 권투 장갑을 꼈다. 맞아도 맞아도 파고들면서 강한 주먹을 날리는 인파이터 조지 포먼, 경중경중 뛰면서 주먹을 던지는 아웃복서 무하마드 알리. 동네 친구들은 정식으로 배우진 않았지만 TV에서 본 복서들의 폼을 흉내 내며 각본 없는 3분 4회전 겨루기를 했다.

공터에서 복싱을 하는 아이들이 늘자 누군가 공터에 새끼줄을 가져와 붙였다 떼었다 할 수 있는 링을 만들었다. 넘어져도 다치지 않는 쿠션이 있는 진짜 캔버스는 아니었지만, 새끼줄로 만든 사각의 링은 아이들에게 마치 홍수환이나 야부키 죠처럼 진짜 복싱 링에서 뛰는 기분을 느끼게 해 주기에 충분했다. 긴 여름 밤이 심심했던 동네 어른들까지 나와서 구경하면서 환호가 터졌다.

매일 저녁 공터에서 중학생부터 고등학생까지 경기를 벌였다. 어쩌다 학교를 진즉 때려치우고 동네를 어슬렁거리던 동네 양아치들도 가끔 고개를 내밀었다. 그러나 링에 막상 올라가면 만화에서 보던 야부키 죠의 크로스 카운터펀치는 뜻대로 나오지 않았고, 홍수환처럼 네 번 일어나는 모습도 구경할 수 없었다. 야부키 죠나 홍수환처럼 결연한 표정을 짓고는 만화에서처럼 하얗게 불태우겠다고 마음먹으며 링에 오르지만, 실상은 덩치가 큰 상대에게 한 대 맞고 성질을 내거나 코피가 나면 울음을 터뜨리는 일이 부지기수였다.

체급도 따지지 않고 마구 붙던 저녁 7시의 공터 링에 드디어 어떤 상대건 때려눕히는 친구가 등장했다. 그의 복싱은 달랐다. 씨름하듯 엉겨 붙는 복싱이 아니었다. 상대방의 주먹을 가드로 막고, 선수들이나 하는 위빙(좌우로 고개 돌려 피하기), 더킹(머리 숙여 피하기)을 자유자재로 구사하는 아름다운 복싱이었다. 무식하게 빨랫방망이를 휘두르듯 주먹을 쓰는 훅을 시도하지도 않았다. 그는 한 대도 맞지 않고 스트레이트(일자로 치는 펀치)를 잘근잘근 던지면서 상대의 코피를 터뜨렸다. 우연히 공터에서 마주한 그의 복싱은 알렉시스 아르게요('링의 백작'이라고 불리던 니카라과의 미남 복서)가 춤추듯 하던 '복싱 공연'과 흡사했다. 아르게요와 붙었던 상대방은 1회전에서 두어 대 맞고, 2회전에서 전의를 상실하고, 3회전에는 무방비로 맞았다. 경기가 4회전까지 간 적은 한 번도 없었다.

그는 「창밖의 여자」를 부르던 내 친구 차용필이었다.

"가수가 멋있냐, 복싱 선수가 멋있냐?"

용섭이가 점심시간에 내게 묻는다. 용섭이와 나는 초등학교부터 같이 다녀서 친했다.

"복싱이 더 멋있지 않냐? 돈도 많이 벌고."

가수나 복싱 선수의 생활에 대해서 알지도 못하면서 나는 바로 대답했다. 용섭이는 다시 다른 친구들에게 가서 같은 걸 또 묻는다. 결국 반 친구 모두에게 같은 질문을 했지만 정작 결론은 자기가 내렸다.

"펀치 강한 김태식도 멋있지만, 전에 은퇴한 4전 5기 홍수환이 제일 멋있지 않냐? 난 아웃복싱을 하기로 했다. 홍수환이 아웃복싱 하잖아."

용섭이는 만나는 친구들마다 의견을 물었지만 정작 친구들의 답을 기대하는 것 같지는 않았다. 그저 건성으로 들으며 혼자 흥분한 기색이었다. 이를테면 대학에 붙은 친구들이 고등학교 졸업식 때 와서 보이는 의기양양한 태도 같은 것. 용섭이의 표정이 딱 그랬다.

"나도 이제 제대로 뭘 좀 시작한 것 같다."

용섭이는 부쩍 그 말을 자주 하기 시작했다.

수업하기 귀찮았던 선생님이 시키는 바람에 노래를 부

르다 재능을 발견한 용섭이. 복싱도 그저 놀이로 시작했을 뿐인 용섭이는 마침 전국에 불붙은 복싱 열기에 자기도 챔피언이 되겠다는 화려한 꿈을 구체적으로 그리기 시작했다.

용섭이는 3학년 말이 되자 더 이상 공터 복싱을 하지 않았다. 용섭이를 이길 상대도 없었고, 용섭이도 마구잡이로 주먹을 휘두르는 상대들과는 더 이상 붙고 싶지 않다고 했다. 복싱 챔피언들은 보통 빠르면 중학생 때부터 복싱 체육관을 다닌다. 형편이 어려워 중학교에 진학하지 못했던 금호동 출신 신희섭이라는 선수도 근처의 체육관에서 복싱을 시작했다. 그런데 용섭이는 체육관을 나가지 않았다. 이상해서 물었더니 용섭이는 체육관에서 줄넘기만 시킨다고 푸념을 했다. 우리 생각에도 금호동의 챔피언 용섭이는 복싱을 새로 배울 필요가 없었다.

조용필의 「창밖의 여자」가 가요 순위 프로그램에서 무려 5주 동안 1위를 했다. 프로그램의 사회자는 조용필이 10주 이상 1위를 할 것 같지만 규정상 5주밖에 못하는 것이 안타깝다고 말했다. 남녀 사회자의 연이은 칭찬과 2위를 한 가수의 축하 인사에 조용필은 부끄러워하면서 얼른 앵콜곡을 부르고 싶어 했다. 아! 용필 형님은 뺀질거리는 연예인 같지 않았다.

5주가 지나고 가요 순위 프로그램에서 「창밖의 여자」가 사라지자, 사람들도 조금씩 그 노래를 부르는 횟수가 줄어들었다. 2학기 말이 되면서 진도를 맞춰야 하는지, 아니면 노래시키기도 시들해졌는지 학교 선생님들은 이제 용섭이에게 노래를 부르라고 하지 않았다. 용섭이는 지금까지 자기에게 노래를 시키지 않았던 선생님이 들어오면 노래를 준비하는 눈치였다가 선생님이 시키지 않으면 이내 실망했다. 친구들은 학기 말에 유행한 '짤짤이'에 정신이 팔렸다.

3학년 시절은 훅 지나갔다. 공부를 썩 잘하지 못해서 대학 갈 생각이 없었던 용섭이는 인문계 고교를 포기하고 공업고등학교로 진학했다. 그리고 곧 다른 동네로 이사를 갔다. 나는 용섭이가 노래를 할지 복싱을 할지 궁금했다.

매주 토요일에 복싱 경기를 중계하던 MBC에서 미래의 세계 챔피언을 발굴하기 위해 혁신적으로 「신인왕전」이라는 프로그램을 시작했다. 「신인왕전」에서는 무명 선수들이 토너먼트 형식으로 녹아웃 매치를 했다. 우승한 선수들은 미디어의 집중적인 관심을 받고 금방 연예인들처

럼 유명해졌다. 라이트헤비급에서 세계 챔피언이 된 박종
팔, 주니어 웰터급의 이상호를 포함해서 우리가 아는 인
기 있던 챔피언들은 대개 다 「신인왕전」 출신이었다.

"어? 저 선수, 저거, 용섭이다!"

고등학교에 진학한 후 소식이 끊어졌던 용섭이가 바로
그 「신인왕전」에 페더급으로 출전했다. 키가 173센티미
터 정도였던 용섭이는 주니어 라이트급이나 라이트급으
로 나와야 하지만, 고등학생들은 상대적으로 체중이 덜

나가는데다 감량을 많이 해서 자신의 체격보다 낮은 체급으로 출전한 것 같았다. 체중을 낮춰서 출전하면 감량하느라 고생을 많이 하지만 상대적으로 펀치력에서 우세하기 때문이다.

「신인왕전」에 출전하는 선수들은 대개 무명이지만 경력이 조금 있는 중고 신인도 있다. TV 화면 아래에 지나가는 용섭이의 전적은 2승 2패. 특별하지 않은 성적이었다. 챔피언이 될 때까지 한 번도 패하지 않았던 알렉시스 아르게요의 전적을 용섭이에게서 기대했던 나는 좀 실망했지만, 막상 경기가 시작되면 상대의 주먹을 한 대도 맞지 않고 피하면서 송곳 같은 주먹을 상대에게 날리던 동네 공터의 용섭이 모습을 곧 보리라 기대했다.

그러나 화면에 나오는 용섭이의 움직임은 동네 공터에서 본 모습이 아니었다. 자신보다 더 빠른 상대를 만난 용섭이의 모습은 마치 슬로우비디오를 보는 것 같았다. 용섭이의 주먹은 허공을 치기 일쑤였고 수시로 상대에게 얼굴을 맞았다. 1회전에서 두어 대를 맞고, 2회전에서 전의를 상실하고, 3회전에는 무방비로 맞는 모습은 공터에서 자주 보던 용섭이의 상대가 아니라 이제 용섭이 자신이었다. 급기야 3회전에서 용섭이의 눈이 찢어져 피가 흘렸다.

피가 흘러서 앞이 잘 보이지 않는 용섭이는 일방적으로 두들겨 맞았다.

결국 심판은 KO를 선언했다. 용섭이는 1차전에서 졌다. 링 코너로 돌아가 승리한 상대를 쳐다보는 용섭이의 얼굴을 카메라가 비췄다. 눈에서 아직도 피가 흐르는 용섭이의 얼굴에는 KO로 졌다는 억울함보다는 체념이 담겨 있었다. 그러나 내 눈에는 피로 얼룩진 용섭이의 얼굴에서 다른 얼굴 하나가 보였다. 체중 감량을 하느라 지방이 다 빠진 용섭이의 얼굴은 강한 조명을 받아 미세한 그림자가 얼굴 반대편으로 비치는 무대 위의 가수처럼 보였다.

"용섭이는 이제 노래를 하겠구나."

"나 기억 안 나? 친구야."

어느 해인지 땀이 조금 끈적거리던 초여름 날이었다. 버스정류장이 있는 큰길에서 집으로 가는 골목으로 빠지는 길목에서 용섭이를 우연히 만났다. 「신인왕전」에 출전한 용섭이를 TV에서 본 걸 빼면 6~7년 만에 처음이었다.

"와! 이게 얼마 만이냐, 용섭아?"

"반갑다, 친구."

그때 에에엥~~~ 하고 긴 사이렌 소리가 났다. 아! 오늘은 민방위 훈련 날이구나. 민방위 훈련이 시작되면 길에 서 있을 수 없었다. 30분 정도 어딘가 실내에 들어가 있어야 했다.

"야, 여기 들어가자. 여기로 오던 중이었다."

용섭이가 이끈 곳은 바로 옆에 있는 맞춤 양복점이었다. 내 아버지가 양복을 맞추던 모드라사의 3분의 1도 안 되는 작고 허름한 곳이었다. 양복점이라고 하기보다는 수선집에 가까운 모습이었다. 우리가 들어가자 양복점 사장님이 용섭이를 잘 아는지 반갑게 맞았다.

"여기 양복점이잖아?"

"어. 무대복 맞추러."

용섭이는 나이트클럽에서 일한다고 했다. 밤무대에서 입는 화려하고 번쩍이는 옷을 여기서 만들거나 수선한다고. 사장님이 고쳐 놓았으니 입어 보라고 꺼내 준 셔츠는 의외로 소박해 보였다. 대신 옷감이 번쩍였다.

"이게 조명을 받으면 번쩍거려. 조명받으면 제법 화려하다."

수시로 무대 의상이 필요했던 용섭이는 이 작은 양복점에서 옷을 맞추거나, 사이즈가 잘 맞지 않아서 남들이 맞춰 놓고 찾아가지 않은 옷을 싸게 사서 고친다고 했다. 연예인들은 다들 어디서 협찬을 받는 줄 알았던 나는 그 얘기를 들으니 납득이 갔다.

"이제 가수 하는 거냐?"

나는 고등학교 때 TV에서 「신인왕전」을 본 얘기는 하지 않고 가수가 될 줄 알았다고 말하느라 조금 애썼다. 내가 묻지 않았어도 용섭이는 민방위 훈련을 하는 30분 동안에도 술술 자기 얘기를 했다. 말주변이 별로 없던 용섭이가 그동안 청산유수로 변했다.

「신인왕전」에서 KO로 진 후 용섭이는 두 차례 더 경기했다. 한 번은 이기고 한 번은 졌다. 동네에서 체급을 무시하고도 싸울 상대가 없었던 용섭이였지만 프로 복싱의 세계는 높았다. 용섭이는 마치 구구단을 배우자마자 어려운 고등학교 수학 문제를 풀어야 하는 것처럼 막막했다고, 왜 자기 주먹에 상대는 맞지 않을까 이해할 수가 없었다고, 그리고 프로 경기에서는 상대에게 한 대를 맞으면 숨이 멎는 것 같아서 맞는 게 너무 무서웠다고 했다.

결국 용섭이와 트레이너는 둘 다 용섭이가 프로 복서로 성공할 가능성이 적다고 결론을 내렸다. 복싱을 그만두고 이제 20대 초반. 공고를 졸업하긴 했지만 복싱 한다고 체육관에 다니며 실습을 대충 했던 터라 취직이 막막했다.

몇 달 동안 뭘 하고 살까 고민하던 용섭이는 가수가 되기로 했다.

"야. 너 박일 알지? 성우."

성우를 하던 박일은 나이트클럽에서 잘나가는 디제이로도 활동했었다. 나이트클럽 디제이를 하면서 연예기획사를 차리기로 한 박일이 용섭이의 재능을 보고 도와주기로 약속했다고 했다.

"음악 학원도 다니고, 나이트에서 보조 디제이도 한다. 중간중간에 노래도 해."

"조용필 노래?"

"하하. 아니. 이제 발라드 같은 거 부른다. 나이트클럽에서는 분위기 띄운다고 신나는 노래를 부르지만. 그렇지, 트로트도 부른다. 너 뽕짝 알지? 그런데 더럽게 힘들어. 작곡가에게 좋은 곡을 받으려면 돈을 바쳐야 하는데 알다시피 내가 무슨 돈이 있겠냐?"

나는 용섭이의 가정형편은 몰랐다. 다만 다른 동네로 이사 갔던 용섭이네가 금호동으로 다시 돌아왔다는 걸 듣고 형편이 넉넉하지 않다는 걸 짐작하기는 어렵지 않았다.

"그래도 잘될 거 같다. 박일 형님이 요즘 잘나간다. 형님이 날 제대로 밀어주기로 했다."

작곡가에게 돈도 바쳐야 한다면서 '밀어준다'는 말이 무슨 뜻일까?' 하고 내가 생각하는 동안에도 용섭이는 자기 계획에 대해서 말을 이었다. 민방위 훈련이 끝나고도 한참 더. 처음 듣는 연예인들의 세계가 신기했지만, 그보다 용섭이가 말이 아주 많아졌다는 생각이 들었다.

민방위 훈련 날 이후 오랫동안 용섭이 소식을 듣지 못했다. 어쩌다 신인 가수가 TV에 나오면 혹시 용섭이가 아닐까 해서 한 번씩 화면 아래로 깔리는 이름을 눈여겨보았다. 그러다 서서히 그런 궁금증도 사라졌다.

모처럼 9시가 넘어서 출근을 하던 날 보니 「아침마당」이라는 프로그램에 요즘 잘나가는 트로트 가수 하나가 나와 마흔이 넘도록 변변히 집에 생활비도 갖다준 적이 없어 아내를 많이 고생시켰다고 눈물을 흘렸다.

"어디 재미있는 데 없을까? 술은 많이 먹었고."

추석 다음 날이면 설거지에서 해방된 동네 친구들이 금호동에서 모일 때가 있다. 결혼을 하면서 금호동보다 집값이 싼 다른 지역으로 흩어졌지만, 연로한 부모님을 모시거나 부모님이 하는 장사를 물려받으려 고향에 돌아오듯이 금호동으로 돌아온 친구들이 꽤 된다. 나도 본가에서 추석을 쉰 김에 마침 시간이 맞아서 몇 년 만에 동창 모임에 갔다.

언제나처럼 삼겹살과 소주를 거나하게 먹고, 2차를 가자고 길에서 서성였다. 1차만 마치고 집으로 간 친구들도 있지만, 생각보다 많은 수가 가게 앞에 남아 2차 장소를 고민했다.

"노래방 갈까?"

"야! 노래방 가면 너만 놀잖아. 딴 데 가."

마이크를 잡으면 놓지 않는 희정이가 노래방에 가자고 하니 대철이가 퉁박을 주었다.

"저기 약수동 사거리에 가면 우리 동창이 하는 7080 라이브 주점 있다. 거기 갈래?"

자동차 영업을 하느라 모르는 데가 없는 승룡이가 제안했다.

"동창 누구?"

희정이가 묻자 대철이가 답했다.

"용섭이라고 있다. 넌 아마 모를 거야. 우리하고 초등, 중학 전부 동창이야."

"이 바보야. 너하고 나하고 같은 초등학교 나왔거든!"

희정이가 기다렸다는 듯 대철이에게 복수를 한다.

용섭이. 나는 민방위 훈련하던 날이 어렴풋이 떠올랐다.

"용섭이 가수 한다고 들었는데. 오래전이긴 하지만."

여러 대의 택시로 나눠 타고 이동하는 중에 같은 차에 탄 승룡이에게 물었다.

"가수 생활 잠깐 했지. 음반도 두어 장 냈어. 근데 그게 어디 성공하기 쉽냐? 자식아, 난 너도 나중에 잘나가는 판검사가 될 줄 알았다. 교수도 나름 훌륭하긴 하지만. 교수 빽은 쓸 데도 없어. 에라, 아무짝에도 쓸모없는 새끼야!"

용섭이의 가게에 도착했다. 서로 기억하고 확인하는 데 족히 20분은 더 걸렸다. 시끄럽고 요란했다.

"오늘 내가 애들 전부 데리고 왔다. 매상 많이 올려 줄게. 술 가져와라. 계산은 회비!"

승룡이는 이미 여러 번 와 본 눈치였다. 재석이도 인사했다.

"용섭아! 반갑다. 우리 어릴 때 무지 친했는데. 인마!"

"어머, 너 가수 했다며? 나도 가수 될 뻔했는데."

기어이 자기 자랑을 섞는 희정이. 희정이는 의정부에서 열린 「전국노래자랑」에서 장려상을 받은 적이 있다.

"얼굴은 잘 기억나질 않는데. 나도 동창이야. 반가워."

얌전하고 말이 없지만 모임이라면 빠지지 않는 명숙이도 있었다.

10명이 넘는 손님이 우르르 들어와 시끄럽게 떠들자 몇 테이블 차지하던 손님이 하나둘씩 나가고 우리만 남았다. 한 무리는 무대에 나가서 노래 부르며 노느라 정신이 없고, 다른 한 무리는 "아자! 아자!" 심야에 건배사를 외쳤다. 내가 있는 자리에는 다섯 명쯤 앉아서 술을 마셨다. 기타 반주도 해 주고 노래 선곡을 도와주는 직원이 따로 있어서 용섭이도 편하게 자리에 앉았다.

"그럭저럭 된다. 요즘 7080세대들 술 한잔 마시고 여기 오잖아. 너희들처럼 애매한 상태로 오면 하나도 도움이 안 돼. 술에 떡이 되어서 와야 술김에 매상이 오르지."

용섭이는 편해 보였다. 여전히 말을 잘했지만 민방위 훈련 날 금호동의 맞춤 양복점에서 청산유수처럼 말할 때와는 달랐다. 그때는 마치 고속도로 휴게소에서 5분 안에 타야 할 버스가 기다리는 듯 마음이 바빠 보였다면, 지금은 마치 서해안의 펜션에 앉아서 해가 지는 걸 보며 술 마시는 느낌이었다.

"작곡가하고 매니저를 잘 만나야 돼. 노래 실력은 다들 거기서 거기야. 우선 곡이 좋아야 되고, 곡이 좋아도 마케팅 없으면 꽝이다. 결국 매니저 발이야."

"요즘은 왜 장터 같은 데서 공연하는 거 있잖아? 무슨 품바라고 하는 공연팀. 지방 무슨 축제 같은 거 하면 거기서 공연 많이 해. 걔들이 요즘 아주 돈을 긁는다. '버드리'라는 가수는 하도 유명해서 품바 가수를 가르치는 학원도 차렸어. 웬만한 중견기업 수준이라고 하더라."

"나도 계속 음악 했으면 크게 성공은 못 했어도 그거 했을 거 같다. 술집 하는 것보다 훨씬 나을 거야."

비슷한 질문을 친구들이 많이 물어보는지, 내가 궁금한 부분만 일부러 고른 것처럼 용섭이가 지난 얘기를 술술 풀어놓았다. 늘 과체중으로 살 뺀다고 결심하는 태석이가 중얼거렸다.

"그건 그렇고, 이 자식은 50살이 넘었는데도 배가 하나도 없네."

"뭔 소리야. 요즘 배 나와서 열심히 운동중인데."

용섭이는 정말 나이에 비해 뱃살이 없어 보였다.

"뭐 하는데. 헬스? 공 치냐? 공 치는 걸로 살은 안 빠지는데."

"복싱. 살 빼는 데 최고다. 처음 하는 사람은 죽겠다고 그러는데, 나는 그래도 예전에 하던 거라고 힘들지는 않고 딱 운동이 된다. 사람들이 물어보면 처음 하는 거라고 뻥 쳐. 전적 물어보면 쪽팔려서."

맞아! 용섭이 복싱했지! 다들 탄성을 지른다. 「신인왕전」을 본 사람은 나밖에 없었는지 그 얘기를 하는 친구는 아무도 없다.

오랜만에 보니 반갑고, 복싱도 하고 가수도 했다는 게 신기해서 용섭이 얘기를 한참 듣던 친구들이 하나둘씩 자기들끼리 대화를 했다. 웃음 사이에 종종 '씨발~'이라는 단어가 들리는 걸 보니 분위기가 좋다. 점잖은 친구들도 어릴 적 친구들을 만나면 욕이 저절로 나온다. 반갑다는 뜻이다. 나도 궁금한 얘기를 다 듣지는 않았지만, 띄엄띄엄 용섭이 살아온 얘기를 들으니 나머지는 그냥 채워진 것 같았다. 음반은 언제 냈고 어떻게 가수를 그만두었으며 무슨 사연으로 라이브 카페를 하는지 다 물어볼 시간도, 이유도 없었다.

우리 세대의 '위대한 가수' 조용필은 보문동에 있는 경동고등학교를 다니다 중퇴했다. 조용필이 고등학교에 입학하자 그의 누나는 입학 선물로 기타를 사 줬다. 조용필은 기타에 푹 빠졌다. 낮이고 밤이고 밥도 안 먹고 기타를 쳤다. 공부는 멀리하고 성적은 떨어졌다. 참다못한 그의 아버지는 기타를 부숴 버렸다. 조용필은 이불을 뒤집어쓰고 몰래 장만한 두 번째 기타를 쳤다. 결국 아버지가 두 번째 기타마저 부숴 버리자 그는 집을 나왔다. 음악만 할 수 있다면 평생 라면만 먹어도 좋겠다고 생각하면서.

미8군 무대에서 기타리스트로 활동하던 조용필은 보컬 가수가 펑크를 내자 대타로 노래를 하기 시작했다. 왜색과 뽕끼가 충만한 「돌아와요 부산항에」가 공전의 히트를 쳤지만, 대마초 파동으로 활동을 금지당했다. 그는 '조용필과 그림자'라는 밴드로 밤무대에서 활동하며 새로운 음악 장르를 공부했다. 마침내 몇 년 만에 다시 라디오 드라마 주제가인 「창밖의 여자」가 공전의 히트를 하면서 재기에 성공했고, 그때부터 지금까지 변함없는 한국 대중음악의 신이다.

조용필은 자신의 실험적 음악을 시도하기 위해 음반사와 묘한 계약을 했다. 홀수인 1, 3, 5번째 앨범에는 「친구여」 등 대중이 좋아하는 곡을 실었다. 짝수인 2, 4, 6번째 앨범은 대중을 의식하지 않고 자신이 하고 싶은 새로운 장르의 음악을 담았다.

실험적인 음악을 계속 시도한 조용필은 20, 30, 40, 50 대 그리고 60대가 되어서도 각각 넘버원 히트곡을 냈다. 이렇게 나이를 먹으면서도 꾸준히 새로운 음악을 시도하면서 40년 이상 대중음악의 정상을 차지한 가수는 조용필 외에 유례를 찾기 어렵다. 촐싹거리는 사회자가 국민가수라 부른다고 아무나 위대한 가수가 되는 것이 아니다.

조용필은 처음부터 유명해지고, 대중에게 어필하고 돈을 벌기 위해 음악을 시작하지 않았으며 나중에도 그런 태도를 유지했다. 그런데도 역설적으로 대중음악의 신이 되었다.

"용섭아. 너도 노래 하나 해 봐라. 저 새끼들처럼 악만 쓰는 노래 말고 진짜 가수 노래 좀 한번 듣자."

서로 앞다투어 노래 부르던 친구들이 좀 쉬겠다고 자리에 앉아 시원한 맥주를 마실 때 누가 용섭이에게 노래를 시켰다.

"노래는 무슨. 이 나이에."

그러면서도 용섭이는 천천히 무대 쪽으로 걸어가면서 묻는다.

"뭐 부를까?"

무대에서 노래책을 뒤적거리는 용섭이에게 내가 청했다.

"「창밖의 여자」. 차용필은 그걸 불러야지."

「창밖의 여자」 도입부에 나오는, 가늘고 날카로운 신시사이저 반주가 시작되자 나이트클럽 분위기와 비슷한 조명도 천천히 돌기 시작했다. 그 무대는 차용필이 「창밖의 여자」를 부르라고 만들어진 무대 같았다.

그런데…… 용섭이의 목소리가 달라졌다. 중학교 때 '차용필'은 조용필이 작은 입을 오므리고 상상할 수 없는 높을 음을 내던 목소리를 그대로 흥내 냈었다. 그러나 지금 용섭이는 바로 조금 전에 같이 술을 마시면서 친구들과 떠들던 목소리 그대로 노래를 하고 있었다. 양복을 입고 회사에서 일할 때든 집에서 파자마를 입고 있을 때든 늘 주변 사람들에게 한결같이 편안한 부장님이나 아버지 같았다. 조용필을 모창하던 그때와 목소리는 달랐지만 나는 지금 목소리가 전보다 더 좋았다. 50대가 되어서 부르는 「창밖의 여자」에는 조용필, 아니 '차용필' 대신 차용섭이 있었다.

"우아! 차용필! 차용필! 차용필!"

친구들은 환호했다. 용섭이를 잘 알지 못하는 여자 동

창들도 덩달아 환호했다.

"한 곡 더! 한 곡 더!"

"야! 다음에. 간만에 만났는데 술 마시며 얘기나 더 하자."

쑥스러워하며 마이크를 내려놓고 술자리로 돌아오는 용섭이의 표정이 왠지 어디서 본 것 같았다. 생각해 보니 그건 가요 순위 프로그램에서 5주 연속 1위를 하고 나서 쑥스러운 표정을 짓던 조용필의 표정이었다. 사회자의 호들갑스러운 칭찬이 끝나길 바라며 앵콜곡을 부르려던 가수왕 조용필의 바로 그 표정. 사회자와 말하는 건 부끄러워하면서도 일단 노래를 부르기 시작하면 편안해지던 조용필의 모습.

용섭이는 진짜 가수가 되었다. '살아간다'는 우리들의 복싱 경기는 누가 이기고 지든 KO로 간단히 끝나는 게 아니다. 죽을 만큼, 숨이 멎도록 뛰었다고 경기를 내 마음대로 끝낼 수도 없다. 인생은 늘 아직도 더 뛰어야 할 라운드가 남아 있는 법. 체력이 떨어져 상대방을 한 방에 때려눕힐 힘은 없지만 그래도 남은 경기를 마쳐야 한다. 강펀치 한 방을 맞고 쓰러져서 주심이 카운트를 할 때는, 어차피 이길 실력도 안 되는데 차라리 이대로 그냥 드러누워 있고 싶다. 그러나 다시 일어나야 한다. 같이 훈련하던 트레이너의 얼굴도 보이고 마음 졸이며 응원 온 가족들이 눈물 흘리는 모습도 보인다. '살아간다'는 경기는 내가 원하지 않는다고 끝낼 수 있는 경기가 아니다.

용섭이는 이제 남은 경기를 자기 페이스로 뛰는 것 같았다. 한때 조용필의 목소리를 흉내 내던 용섭이의 노래는 이제 자기 노래가 되었다. 변해 버린 목소리로 부르는 용섭이의 노래는 각자 자신들의 '복싱 경기'를 뛰는 친구들의 어깨에 편안하게 걸쳐진 팔 같았다.

나이가 10살만 더 젊었으면 가수로 성공할 수 있다고 노상 떠벌이는 희정이가 마이크를 다른 친구에게 양보하지 않고 한 곡 더 부르려고 무대로 나갔다. 희정이는 제목도 알 수 없는 트로트 곡을 부르며 두툼한 허리를 흔들고, 우리는 그걸 보면서 건배를 했다.

"브라보! 브라보! 마이 라이프!"

불판

어디서 본 사람이었다.

부모님을 뵈러 갔다가 들른 금호동의 한 식당. 주문을 먼저 하고 화장실을 찾았다. 식당은 오래된 건물의 1층에 있어서 주인에게 묻지 않아도 화장실이 밖에 있다는 걸 짐작했다. 화장실을 찾으러 식당 뒤로 돌아가니 쭈그리고 앉아 불판을 닦는 남자의 등이 보였다. 어깨가 다부지지만 운동을 안 한 지 오래된 듯 두툼한 아랫배가 티셔츠 밖으로 삐져나왔다. 식당에 가면 흔히 볼 수 있는 손님용 고무 슬리퍼를 신고 있었다. 화장실 찾느라 주변을 둘러보는 내가 눈에 띄었는지 남자가 한마디 했다.

"그거에 있으(화장실 그쪽에 있어)."

받침이 빠진 어눌한 말투에 나는 그가 윤구임을 알았다. 말을 그런 식으로 하는 사람은 윤구 말고는 없다.

윤구는 말을 더듬었다. 우리보다 두 살이 많았는데도 한글을 제대로 익히지 못했다. 선생님이 국어책을 읽으라고 시키면 '국민교육헌장'을 '구민고육헌자' 하고 군데군데 받침을 빼서 읽었다. 아이들이 키득키득 웃어도 윤구는 성내지 않았다. 그저 피식 웃고 만다. 선생님도 중간에 읽기를 멈춘 윤구를 더 채근하지 않았다. 아무튼 우리는 윤구가 한글을 제대로 못 읽는 것을 보며 웃었지만 놀리려는 것도 아니었다.

윤구는 2학년이 되면서 갑자기 나이가 들어 버린 것 같았다. 말수가 줄었다. 친구들이 장난을 치면 정색하거나 씩 웃기만 했다. 껄렁거리는 녀석들은 작은 체구의 친구들을 때리거나 괴롭혔지만 윤구는 그러지 않았다. 그러자 1학년 때는 성격 좋은 윤구에게 장난치던 친구들이 오히려 윤구에게 겁을 먹은 듯 말을 걸지 않았다.

윤구가 학교에서 소위 '캡장'이라는 소문도 그때부터 돌기 시작했다. '캡장'은 '캡틴'과 '대장'의 합성어지만, 그때는 단어의 뉘앙스도 달랐고 학교 전체에서 가장 싸움을

잘한다는 의미로 통했다. 한 학년 위 상급생이나 고등학생과 싸워도 항상 윤구가 그들을 맨주먹으로 뭉개고 밟아버렸다는 식의 이야기가 들려왔다. 우리보다 두 살이 많았으므로 비슷한 연배의 녀석들과 싸우기 시작한 것일지도 모르지만.

윤구 주변에 껄렁거리는 친구들이 항상 서너 명은 따라다녔다. 마치 부하들처럼. 그래도 윤구는 친구들을 괴롭히지 않았다. 그리고 특별히 날 챙겼다.

"건드리느 애드리 이쓰믄 얘기해."

사실 나는 날 괴롭히는 녀석을 윤구가 박살내는 걸 볼수 있도록 누가 날 건드려주길 기다리기도 했다. 그러나 3년 내내 아무도 난 건드리지 않았다. 윤구와 내가 친하다는 걸 알기 때문에.

누구나 조만간 윤구가 학교에서 잘릴 거라고 믿었다. 서울에서 폭력 사건이 많기로 악명 높은 변두리 동네의 중학교에 새 교장이 왔다. 군인 대령 출신이라는 소문이 돌았다. 공립 중학교에서 군인 출신이 교장이 되는 경우는 있을 수 없지만 우린 그 소문을 믿었다. 그런데 소문을 확인이라도 시키듯 교장은 한 달에 몇 명씩 퇴학을 시켰다. 늘 여기저기서 싸움을 하는 윤구가 퇴학의 대상이 될 것이라는 예상은 당연했다.

새 교장은 어느 월요일 전체 조회 시간에 전교생이 다 모인 자리에서 쩌렁쩌렁 울리는 마이크 소리로 윤구의 이름을 불렀다. 역시 퇴학이구나! 그런데 윤구가 쭈뼛쭈뼛 단상에 올라가자 교장은 놀랍게도 표창장을 내밀었다. 특별상이었다. 불과 몇 달 전에 복싱을 시작한 윤구가 당시 최고의 복싱대회인 「신인왕전」에서 우승을 한 것이다. 네 번의 경기에서 상대를 모두 초반에 KO로 이겼다. 동네에서 1대 2, 때로는 1대 3으로 싸우던 윤구가 도망갈 곳이 없는 링에서 상대를 두들겨 패는 건 전혀 어려운 일이 아니었을 것이다. 금호동에서는 유명한 복서가 여러 명 나왔다. 금호동은 그만큼 가난하고 험한 동네라는 반증이겠다. 우리는 주말에 시청하던 복싱 프로그램에서 윤구가 챔피언 타이틀전에 나올 것이라고 흥분했다.

하지만 금호동은 늘 예측이 가능한 곳이다. 졸업을 한 학기 앞두고 윤구는 극장 앞에서 패싸움에 휘말려 경찰에 잡혀갔다. 맨주먹으로도 충분히 상대를 박살 낼 수 있는 윤구가 흉기로 사람을 난자했다는 말을 믿기 어려웠다. 가난한 윤구는 조서에 그렇게 써야 했을 것이다. 인자한 표정을 지으며 윤구에게 표창장을 줬던 교장은 이번엔 윤구를 퇴학시켰다. 윤구는 중학교를 졸업하지 못했다. 학교에서 퇴학당한 윤구는 누구나 예측한 길로 갔다.

남들보다 2년 늦게 대학에 들어간 나는 학교에 별 취미가 없었다. 늦게 나가고, 일찍 들어오고, 안 가기도 했다. 아침 수업을 마치고 오후 늦게 수업이 있는 날, 학교에 있을 이유가 별로 없었던 나는 일찍 집으로 갔다.

버스 정류장에서 600미터쯤 걸어가면 우리 집이었다. 중간에 시장이 있었고, 유흥가라고 하기엔 규모가 작은 술집이 서너 개쯤 모여 있는 골목이 있었다. 거기서 그야말로 목과 머리의 지름이 똑같은 깍두기들을 보았다. 그들 사이에 윤구가 보였다. 눈이 마주쳤지만 나는 빠르게 눈을 피했다.

4~5년 만에 만나는 윤구라 반가웠다. 내가 아는 체를 하면 윤구가 속된 말로 '쪽팔려'할 것 같았다. 깍두기들 가운데 서서 담배를 피우던 윤구는 언뜻 봐도 '오야붕'처럼 보였다. 지나가던 '대뻐리'가 그를 아는 체하면 윤구 입장에선 창피할 것이다. 못 본 척하고 지나쳐 10미터쯤 걸어가는데, 윤구가 날 불렀다.

대낮에 우린 골목 안의 술집에 앉았다. 윤구는 내게 술을 한 잔 따랐다.

"오랜만이다. 너는 이제 대삐리가 됐구나. 우리 어릴 때 친구 아니냐? 담에 보면 피하지 마라. 아는 체하자. 아까 섭섭하더라. 나는 배운 게 없어서 이렇게 살지만, 대학교 다니는 너하고 친구 하면 안 되냐?"

윤구가 그때 말을 더듬지 않았다는 걸 나는 아주 나중에 기억해 냈다.

그 후 난 동네 골목이나 시장 근처 술집 골목에서 가끔 윤구와 마주쳤다.

"대삐리 친구야. 공부 잘하지? 너는 꼭 판검사 돼서 나중에 나 좀 도와줘라. 잉?"

윤구의 똘마니들은 오야붕과 맞담배질하는 날 조금 고까운 눈으로 쳐다보았다.

까칠한 시절이었다. 학교에 가면 광주에서 전두환에게 학살된 사람들의 뭉개진 얼굴 사진이 담을 따라서 붙어 있었다. 최루 가스가 매캐한 종로에서 거리 시위에 나갔던 친구 두 명을 만나 우리 동네에서 그리 멀지 않은 왕십리에서 술을 마셨다. 그날은 최루 가스도, 반독재도 다 귀찮았다. 까칠한 마음으로 가득 찬 우리들은 술에 취해

데모가를 부르다 광주 사태, 빨갱이 운운하는 옆자리의 사람들과 시비가 붙었다. 술 마시던 탁자가 엎어지고, 술잔이 바닥에 깨지고, 그 와중에 누가 내 목을 잡았다. 나도 멱살인지 어디인지를 마주 잡았다. 체격도 작고 싸움에 불리할 수밖에 없는 나는 상대를 맞잡으면서 '망했다'는 생각이 들었지만, 열 대를 맞더라도 한 대를 때려야 했다. 창피하지 않으려면 그래야 했던 젊은 객기의 시절이었다.

그때 윤구가 술집에 들어왔다. 상황은 곧 끝이 났다. 날 알아본 윤구의 눈짓에 윤구의 깍두기 후배들이 나의 멱살을 잡은 자들의 뒷덜미를 잡고 술집 밖으로 끌고 나갔다. 잠시 후 윤구는 빨간색 독한 소주를 시키고 우리와 마주 앉았다. 윤구는 금호동에서 동대문으로 활동 지역을 옮긴 것이었다. 내가 학년이 올라가듯 윤구도 그 바닥에서 학년이 올라갔다. 술을 몇 병 마셨는지 기억나지 않는다. 금호동보다 무대가 넓어진 윤구가 '대삐리' 친구에게 사 준 술에 나는 필름이 끊겼다.

한동안 동대문 에피소드를 친구들에게 이야기할 때쯤 윤구가 다시 동대문에서도 사라졌다. 감방에 갔다고도 하고, 그 바닥에서 전국구가 되었다는 소문도 돌았다. 누군가는 윤구의 어머니가 돌아가셔서 보이지 않는 것이라고 했다. 아무튼 윤구는 사라졌다. 나에게 피하지 말라던 윤구가 사라졌다. 아주 오랫동안.

추석 전날 저녁은 할 일이 없다. 낮에는 음식을 만들 때 조금 돕는 척을 하지만, 저녁에는 식구들이 모여도 할 얘기가 없어서 각자 방으로 들어가 일찍 쉰다. 이런 날은 동네를 떠났던 친구들이 하나둘씩 금호동으로 돌아온다. 도시로 나간 사람들이 명절이 되면 고향을 찾아오듯 금호동의 친구들도 이때는 부모님을 찾으러 온 김에 저녁이면 술집에서 모이는 것이다.

가끔 생각지 못한 친구가 오는데 그날은 형섭이었다. 형섭이는 윤구를 따라다니던, 소위 '넘버3'였다. 수십 년 만에 만난 형섭이는 사람 좋은 웃음으로 친구들과 농담을 했다.

"금호동 출신은 잘나가는 전국구가 되면 몰라도 지역 구에선 '각그랜저'(조폭들이 주로 타던 구형 그랜저) 타고 사는겨."

"왜 그러냐? 영화 보면 폼 나게 살던데……."

"지역구는 각자 나와바리가 있으니 남의 동네 못 건드

리잖냐! 강남 지역구 건달은 돈 들어오는 데가 많으니 직원도 많이 쓰고 폼 나게 살지. 금호동 같은 산동네에서 돈 나올 데가 어디 있냐? 업소들이라곤 다 별 볼 일 없는 구멍가게지."

"뭔 소리야? 형섭이가 지금 하는 소리."

내가 옆 친구에게 묻자 나만 들으라고 작은 목소리로 말한다.

"몰랐냐? 형섭이가 지금 금호동, 신당동, 왕십리 전국구야. 윤구 이 동네 뜨고 나서 쟤가 이 동네를 다 잡았다."

"윤구가 왜 여길 떠?"

"쟤들 그렇잖아. 윤구가 별을 다느라 감방 갔다 온 사이에 형섭이가 그 자리 채 갔지. 형섭이는 집안에 돈 좀 있잖아. 쟤는 빵에도 안 가고 들어가도 금방 나오고. 윤구는 요령도 없고 돈도 없고 들어가면 못 나오고. 윤구는 머리가 나빴잖아. 그사이에 형섭이가 윤구 자리 가져간 거야."

그 사이 형섭이가 내게 한잔 권한다.

"오랜만이다. 너는 학생 가르치고 산다며? 학생들 열심히 가르쳐라. 걔들은 미래의 동량 아니냐. 사실 니가 판검사면 좋기는 젤 좋은디."

사실 건달들이 세상 걱정을 제법 많이 한다. 나도 잘 안

쓰는 '동량' 같은 어려운 말도 형섭이는 가끔 쓰곤 했다. 술이 거나해지고 분위기가 익어 갈 무렵 형섭이가 자리에서 갑자기 일어났다.

"늦게 들어가믄 와이프한테 혼난다. 빨리 가야 혀."

형섭이를 나중에 우연히 몇 번 더 만났다. 알고 보니 내 부모님이 사는 아파트에 살고 있었다. 어느 날은 소주 서너 병을 품에 안고 귀가하는 형섭이와 그의 처를 아파트 입구에서 만났다.

"아, 좀 빨리 가요! 얘들 기다리잖아. 뭘 또 집에서도 술을 마시려고?"

고개만 까닥 억지로 인사하던 형섭이 처는 나와 잠시 말을 나누는 그를 타박한다.

"언제 놀러 와라."

형섭이가 민망해서 처를 뒤따라가며 말했다. 형섭이의 사무실은 사거리에 있었다. 건물에는 'OO건설'이라고 쓰인 간판이 서 있다. 나중에 보니 형섭이는 동네 재개발 사업 행사에 나와 검은 양복 입은 친구들을 동원해서 진을 치고 있었다. 건설업과 관련은 있는 셈이다. 50살에 가까운 전국구 건달은 그렇게 생활인 건달로 변해 갔다.

거기서도 보이지 않던 윤구. 아내의 눈치를 보면서 소

주 마시는 생활인 건달 자리 하나도 윤구에게는 없었나 보다.

자리에 앉아 윤구를 생각했다. 불판의 고기는 내가 늘 구웠는데, 그날은 생각에 빠져 고기를 제때 뒤집지 않으니 고기가 탔다.

"불판 갈아 드릴까요?"

주문을 받고 음식 나르던 아주머니가 묻는데 아내는 고개를 끄덕거렸다. 난 주문받는 아주머니가 아니라 불판을 닦는 사람이 불판을 갈러 올 거라는 생각이 바로 들었다.

"고기 맛이 이상해. 더 못 먹겠네. 얼른 가자."

갑자기 내가 가자는 통에 황당해하는 아내와 아이를 서둘러 일으켰다.

계산하는 동안 가능하면 홀 쪽을 쳐다보지 않으려 했다. 그래도 내 신경은 뒤로 가 있다. 또 그 남자의 목소리가 들렸다.

"여기 부판 가르(여기에 불판 갈아)?"

우리가 앉아 있던 식탁 쪽이었다. 잠시 순간적으로 고개가 그쪽으로 돌아갔지만, 나는 윤구와 눈이 마주치기 전에 서둘러 문을 열고 나왔다.

"우리 서민들은 소주 한잔하면서 얘기하는 게 인생의 낙이지. 다른 거 뭐 있나?"

나이가 들면서 술자리에선 서민이라는 단어의 출현 빈도가 높아졌다. 기억해 보면 우리는 그런 식으로 변해 갔지만 우리가 변한다는 걸 느끼지 못했다. 껄렁거리던 친구들은 훗날 뒷골목을 주름잡는 큰 건달이 될 줄 알았다. 판검사가 될 것 같았던 나는 그럭저럭 학생들을 가르치면서 먹고산다. 대기업을 들어간 친구들을 시샘도 하고 응원도 했지만, 그들 중 아무도 사장이 되지는 못했다. 하나둘씩 회사를 그만두는 친구들이 늘어나면서 수입은 적지만 아직 정년이 많이 남은 내 직업을 부러워하는 친구들도 있다. 사라진 윤구가 음식점에서 불판을 닦으며 돌아왔듯이 주변 사람들도 하나둘씩 돌아왔다. 그들의 삶에서 신인왕 시절도 있었고 동대문 시절도 있었지만 결국은 모두 원래 살던 동네로 돌아왔다.

살면서 나는 윤구를 두 번 모른 척했다. 첫 번째 피한 것은 후회했고 두 번째 피한 것은 한동안 잘했다고 생각했다. 두 번 다 윤구의 자존심을 위해서였다고 생각했지만, 시간이 한참 흐른 지금은 잘 모르겠다. 두 번째 피한 것이

잘한 일이었는지 말이다. 윤구는 날 알아보았을까? 나도
이 동네로 돌아왔고, 결국 모두 다 이 동네로 돌아오는데
말이다.

순대

1984년의 크리스마스. 고등학생들이었던 우리는 들떠 있었다. 여자 친구가 있는 녀석은 병철이 하나뿐이었지만. 지겨운 학교생활을 마치는 해의 마지막 크리스마스는 괜히 좋은 일이 생길 것 같았다.

우리는 일단 시내로 진출했다. 캐럴이 울려 퍼지고 불빛이 반짝이는 거리는 크리스마스 기분을 흠뻑 느끼게 했다. 그러나 그것도 잠시, 추운 겨울밤 길거리에서 한 시간을 헤매니 막상 갈 곳이 없었다. 캐럴 소리도 슬슬 지겨워졌다. 그래서 간 곳이 장충동. 태극당 뒷골목으로 들어가면 미성년자들에게도 술을 파는 카페가 하나 있었다.

병철이는 자기 여자 친구와 함께 다른 여학생들을 데리

고 온다고 큰소리를 쳤다. 우리는 병철이를 믿지 않았지만 그래도 병철이의 유혹에 혹시나 하고 기다렸다. 그러나 병철이는 역시 자기 여자 친구만 데리고 왔다. 열 아홉 살 인생들이 무슨 사연이 있다고 술 마시며 얘기하고 놀아 봐야 재미가 있을까? 병철이 커플은 재미가 없다는 판단을 했는지 먼저 일어났다. 사실 이 녀석은 키만(?) 늘씬한 여자 친구를 자랑하려고 온 것이었다.

갈 곳 없이 남겨진 불타는 청춘들. 그러나 청춘을 태울 휘발유는커녕 촛농도 없었다. 나이트클럽에 가면 부킹하게 해 주는 건 문제없다고 큰소리치던 무영이는 갑자기 말이 없어졌다. 미팅만 나가면 개그맨보다 웃겨서 여학생들이 전화번호를 주려고 서로 다툰다는 남현이는 더 말이 없어졌다. 자식들, 알고 보니 다 뻥이었다.

다들 추운데 집에서 놀지 뭐 하러 나가냐는 부모님들의 잔소리를 뒤로 하고 나왔기 때문에 집에 일찍 돌아가기엔 창피했다. 결국 집까지 걸어가기로 하고 모두 차비까지 탈탈 털어서 술을 더 먹었다. 마침내 그 돈마저 모두 떨어졌다. 카페 사장의 인심이 좋아서 아직 방에서 쫓겨나지는 않았다. 남은 맥주를 홀짝거리는데 같이 있던 희준이가 없었다.

"야! 희준이 어디 갔어?"

"어!? 좀 전까지 있었는데?"

조금 있자 희준이가 들어왔다. 피식 웃으면서 잠바 안에서 뭘 꺼낸다. 희준이는 절대 웃으면 안 된다. 웃으면 좀 모자라 보이니까.

어쨌거나 희준이가 꺼낸 건……

꿀꽈배기 두 봉지였다. 조용필 아저씨가 나와서 광고하던 '농심 꿀꽈배기'였다. 화장실을 가려고 잠시 카페 밖으로 나갔던 희준이는 카페 옆에 있던 슈퍼마켓 구석에 놓인 꿀꽈배기 박스를 보고…… 가져와 버렸다. 두 봉지만 가져온 게 아니라 박스째 들고 와서 우리가 놀던 방의 문 앞에다 놓아 둔 것이다.

돈은 없고 밤은 아직 많이 남았다. 우리는 다음에 무엇을 해야 할지 바로 알아차렸다. 밤새도록 길거리에 있어 봐야 아름다운 크리스마스는 절대 오지 않는다는 걸…… 우리는 2층 현관을 통해서 부모님이 눈치채지 않게 들어갈 수 있는 우리 집을 최종 집결지로 정하고, 각자 임무를 맡은 뒤 흩어졌다. 여기서 임무란 '보급 투쟁'을 의미한다. 술과 안주를 살 돈이 다 떨어졌으므로.

이동 속도가 느린 나는 남현이와 같은 조가 됐다. 장충동에서 우리 집을 향해서 걸어가면서 주변을 훑었다. 작은 가게를 털면 안 된다는 나름의 원칙을 지키기로 결심한 우리는 규모가 좀 커서 타격이 적을, 게다가 주인이 졸고 있는 가게를 찾았다.

남현이와 내가 노획한 보급 투쟁의 결과물은 소주 다섯 병이었다. 초등학교 시절에 엄마의 지갑을 털어서 장난감을 샀다가 걸려서 혼줄이 났던 나는 소주 다섯 병의 보급품을 확보하는 동안 소주 다섯 병을 마신 것처럼 심장이 두근거렸다. 하지만 이 정도면 우리 임무는 마쳤다는 생각으로 집으로 향했다.

걸음이 느린 나와 남현이가 집에 도착하자 희준이는 이미 와서 기다리고 있었다. 희준이는 이미 노획한 꿀꽈배기 외에도 당시 대유행하던 '동원 전기구이 오징어' 세 개와 삼립호빵 다섯 개를 가져왔다. 호빵은 쉬운 노획물이다. 가게 밖에 놓은, 김이 모락모락 나는 호빵통에서 꺼내다 계산을 하는 시스템이었으니, 육상부 출신으로 100미터 11초의 준족인 희준이에게는 쉬운 임무였다. 다만 꿀꽈배기 박스를 들고 뛰느라 박스에서 꿀꽈배기 몇 봉지를 떨어뜨린 탓에 친구들에게 구박을 한 바가지 먹었다.

문제는 용준이였다. 시간이 흘러도 용준이는 오질 않았다. 우린 슬슬 용준이가 걱정되기 시작했다.

용준이는 매뉴얼대로 하는 친구였다. 시키면 그대로 한다. 매일 씻어도 늘 석탄을 캐다 온 것 같은 용모의 용준이는 고등학교 시절에 대유행하던 그 흔한 미팅도 못 나가봤다. 드디어 어떤 여고와 단체로 '반팅'을 할 기회가 왔을 때 용준이는 나름대로 여자 친구 사귀는 데 도가 튼 남현이에게 조언을 구했다.

말주변이 없는 용준이는 여자들에게 어필하는 데 어려움이 있었다. 여학생들이 왜 말이 없냐고 물으면 "저는 지금 구상 중입니다."라고 말하라고 남현이가 코치를 했다. 용준이는 책을 읽듯이 그대로 따라했다. 문제는 아무도 묻지 않았는데 뜬금없이 "저는 지금 구상 중입니다."라고 말했다는 것이다.

남현이가 미팅 행동수칙을 10가지를 일러주니 노트에다 메모를 해서 책을 읽듯이 그래도 따라했다. 짝짓기를 할 때는 무조건 들러붙으라고 남현이가 코치를 했더니 용준이는 짝이 된 여학생에게 하도 들러붙어서 반팅을 주선한 여고 쪽 친구들에게서 욕을 바가지로 먹었다.

대학에 들어가 컴퓨터를 공부할 때도 남들은 자판을 익히기 위해 '자판 익히기 게임'을 하는 등 요령을 부렸지만 용준이는 300쪽짜리 책을 하나 옆에 두고 처음부터 끝까지 한 자 한 자 치면서 자판을 익혔다. 용준이는 지금 큰 건축회사의 유능한 임원이 되었는데 직원들이 참으로 피곤할 것이다.

아무튼, 시간이 흘러도 용준이가 오지 않았다. 보급 투쟁을 하다가 포로로 잡힌 거 아니야? 잡혀 봐야 좀도둑에 불과한데 뭐가 걱정이냐? 아니면, 실패해서 창피하니까 그냥 집에 간 건가? 용준이의 상황을 추측하다 지친 우리는 2층의 쪽방에서 노획한 보급품으로 술을 먹기 시작했다.

그리고 2시가 되자 누군가 창문을 두드렸다. 누구지? 역시 시커먼 용준이 얼굴은 밤에는 잘 보이질 않았다.

"뭐야, 마! 어디서 여태 뭐 하다 이제 와?"

용준이는 추운 겨울인데도 땀이 송글송글했다. 소주부터 한 잔 홀짝 마셨다. 아니, 두 잔이었다.

"짜샤! 빈손이냐?"

용준이는 씩 웃으며 잠바를 확 열었다.

용준이의 잠바 속에서 나온 것은 뱀……이 아니라, 찜

168

통에서 꺼내온 뱀처럼 길고 구불구불한 순대였다. 펴면 1미터나 되어 보이는.

용준이는 1차 보급 투쟁에서 실패했다. 첫 번째 타깃은 슈퍼마켓으로, 떨면서 나름대로 뭔가 안주거리를 챙겨 빠져나오려는 순간 사장님의 표정이 심상치 않았다. 왜냐하면 (나중에 말을 맞춰 보니) 그 슈퍼는 남현이와 내가 이미 들른 곳이었다. 할 수 없이 노획품을 도로 제 자리에 갖다 두고 다른 보급지를 찾아 헤매던 용준이 눈에 들어온 것은 바로 순대 가게.

순대를 썰어 달라고 한 후 노획할 수는 없는 일. 순대 가게 아줌마가 가게 안에서 테이블을 치우는 동안 가게 밖에 걸린 솥을 열고 용준이는 순대를 집었다.

김이 펄펄 나고 뜨거웠다. 촉감은 물컹했고 예상보다 길었다.

그 순간 가게 아줌마와 눈이 마주친 용준이는 순대를 안고 냅다 뛰었다. 급해서 잠바 안에다 넣지도 못하고 손에 든 채 어정쩡하게 뛰었다. 날이 추워서 순대는 식고, 길이도 길어서 잠바에 쏙 들어가진 않고, 차비는 없고, 훌라후프 같이 둥그런 순대를 든 용준이가 크리스마스 밤에 길을 걸었다.

"근데 순대 끝이 왜 이래?"

"오다가 한입 끊어 먹었다. 히."

그때 알았다. 순대는 식으면 비린내가 난다는 걸. 아니다. 용준이 품속에 있다 나온 순대라 땀내 그윽한 남고생의 겨드랑이 냄새였나? 식었거나 말거나, 비린내가 나거나 말거나 우린 그 순대를 연필 깎는 칼로 썰어 먹으며 청소년기의 마지막 크리스마스를 보냈다.

철없던 시절의 이야기지만 지금 많이 뉘우치고 있다. 그때 '뽀리'를 당한 슈퍼마켓의 아저씨와 순대가게 아줌마에게 사죄의 마음을 전한다. 그런 뜻으로 지난 추석에는 어느 복지 시설에 과일을 보냈다.

병철이는 이후에도 늘 여자들에게 인기가 많았다. 하지만 지금은 엄처시하에서 기를 못 펴고 산다. 우릴 버리고 저 혼자만 여자 친구와 나가서 놀더니 잘됐다. 고소하다!

용준이는 지금도 앞뒤가 꽉 막힌 성격이지만 건축회사의 유능한 임원으로 일하고 있다.

'뽀리 까기'를 주도했던 희준이는 지금 목사님이다. 이 노무시키, 너 옛날에 뽀리 까던 이야기를 신도들에게 다 까발릴 테다. 어려운 이웃 돕는 목사님 역할 잘해라!

남현이는 요즘 소식을 잘 모르겠다.

올 크리스마스에는 가짜 목사들은 회개하고, 낮은 데로 임하시는 예수님이 오셔서 세상이 좀 따뜻해지면 좋겠다. 솥에서 막 꺼낸 순대처럼 따뜻한 겨울이 오길.

50년 그리고 한 달

창수 아저씨가 돌아가셨을 때 아버지는 한 달 동안 우울해했다. 할머니가 돌아가셨을 때는 언젠가 올 순간이 온 것처럼 담담하게 맞았던 아버지는, 친구가 세상을 떠나자 한동안 식사도 제대로 못 하고 몇 년간 끊었던 담배도 다시 꺼냈다. 원래 좀 감상적인 편이던 아버지는 가끔 가족들이 안 볼 때 눈물을 흘리기도 했다.

창수 아저씨는 경북 봉화에서 중학교까지 마치고 영등포의 공단에서 일을 하다가 금호동으로 흘러왔다. 내 아버지는 대학을 한 학기만 다니다 중퇴하고, 시골에서 노름으로 가산을 탕진한 큰아버지 옆에서 10년을 더 살다가 도망치듯 금호동으로 흘러왔다.

금호동 시장에서 그릇 장사를 하던 우리는 시장 입구에서 왼쪽 네 번째 가게였고, 기름을 짜서 팔던 창수 아저씨의 가게는 거기서 여섯 가게쯤 더 들어간 어두운 구석에 있었다. 참기름을 짜면 고소한 냄새가 나지만 안 짤 때는 공기가 기름이 절어 역한 냄새가 난다. 그래서 시장의 관리사무실은 구석자리를 주었다.

참깨를 볶고 짜서 기름을 내어 팔던 창수 아저씨의 손은 늘 번들거렸다. 창수 아저씨는 3~4시가 되면 어김없이 우리 가게를 찾아와서 아버지에게 번들거리는 손으로 담배를 권했다. 두 사람은 마땅히 앉을 곳이 없어서 늘 시장 구석에 쪼그려 앉아 얘기를 했다.

본가에 간 길에 오랜만에 오래전 가족사진을 보았다. 두 가족이 한강에서 놀고 있었다. 우리 집과 창수 아저씨네 가족이었다. 우리도 3남매, 그 집도 3남매였다. 어머니께 물었다.

"이기 언제라(언제인가요)?"

"언제드나(언제더라)?"

어머니는 그때를 정확히 기억하지 못했다. 사진 속 앳된 내 얼굴을 보고 내가 연도를 대강 추측했다.

"그 집은 우리 집보다 더 어려웠다. 건너편 시장 쪽 가게 이층 다락방 같은 곳에서 다섯 식구가 살았다."

어머니는 묻지도 않은 말을 하셨다.

"그 집이 길바닥에 내앉게 됐을 때 마침 우리 집 뒷방이 안 비었더나. 한 석 달 그 쪼맨한 방에 창수 아저씨네 다섯 식구가 살았다."

"우리가 도와줬네, 그 집을?"

"어데? 아이다. 우리도 도움을 마이 받았다. 우리 가게는 매일 물건을 떼 와야 하는데 노상 돈이 모자랐다. 그 집

174

은 한 달에 한 번만 물건을 떼 오니까 돈을 좀 오래 갖고 있어서 노상 우리가 빌릿다. 그러고서 한 3일 지나 갚고 안 그랬나? 서로 도왔는기라."

대학교를 한 학기만 마치고 군에 다녀온 아버지는 집안 재산을 간수하던 큰 아버지가 노름빚으로 땅을 전부 날려서 복학할 등록금이 없었다. 똑같이 가난한 촌동네 출신이었지만 아버지의 절친인 진규 아저씨는 동생을 공부시키려고 똥지게를 지며 일했던 헌신적인 형 때문에 대학에 돌아갈 수 있었다. 진기 아저씨가 혼자 간다고 미안해하면서 복학하러 기차를 타던 날, 복학을 끝내 포기한 아버지는 김천에서 서울로 가는 기찻길을 해가 지고 컴컴해지도록 바라봤다.

아버지는 시골에서 형님이 시키는 대로 농사를 지으며 살기로 했다. 큰아버지 대신 홀어머니를 모시던 아버지는 정주영처럼 소 판 돈으로 도망갈 엄두도 내질 못했다. 꿈이나 희망 같은 것은 버렸다. 큰아버지가 시키는 대로 결혼도 했다.

그런데 그렇게 사는 것도 쉽지 않았다. 증조부가 큰할아버지에게 재산을 다 물려주고 형제들 대표로 관리하도록 하고 돌아가셨다. 큰할아버지마저 일찍 돌아가신 후 큰할머니 집으로 양자를 간 큰아버지는 동생에게 학비 대 주기를 거부했다. 할머니는 할머니대로 손위 동서인 큰할머니에게 설움을 많이 받았다. 게다가 작은 아들인 나까지 몸이 많이 아팠다. 아버지는 가난하고, 희망이 없고, 서러웠다. 김천의 시골에서 그대로 살다가는 거렁뱅이가 되는 건 시간문제였다. 아버지는 무작정 서울로 가기로 했다.

아버지가 계획도 없이 식솔들을 데리고 올라와 자리 잡은 금호동에는 경상도와 전라도에서 무작정 상경한 사람들이 득시글거렸다. 서울의 대표적인 빈촌이던 그곳에는 어느 날 서울에서 제일 규모가 큰 대한극장만 한 대형 극장이 생겼다. 거주민이 하도 많아서 재탕 영화를 싸게 틀어 줘도 사람이 들끓었으니 가난한 동네라도 극장이 컸다. 그만큼 금호동은 사람들로 가득한 달동네였다. 사는 사람들이 많으니 무슨 장사를 해도 먹고 살 수 있을 거라고 아버지는 판단한 것이다.

서울에서 대학을 졸업하고 직장을 다니는 고등학교 동창들이 있었지만 아버지는 그들을 찾지 않았다. 자존심이 상하고 비참했다. 대신 아버지는 시장에서 같은 고향 사람들하고만 어울렸다. 봉화에서 온 창수 아저씨는 같은 경상도 출신이면서 처지가 비슷해 친구가 되기엔 딱 맞았다. 그렇게 친구가 된 창수 아저씨와 아버지는 늘 금호동 시장 구석 어디선가 같이 있었다.

두 분은 한 40년을 같이 늙어 갔다. 내 아버지가 먼저 경제적으로 나아졌고, 나중에 무면허 건축업자로 변모한 창수 아저씨에게 아버지는 우리 집을 짓는 공사도 맡겼다. 내 어머니와 창수 아저씨네 아줌마도 친하게 지냈고, 비슷한 또래의 아이들도 키우고 나중엔 양쪽 집 모두 사는 형편이 나아져서 부부 동반으로 해외여행도 여러 번 갔다. 아버지와 창수 아저씨의 세월은 별로 다를 게 없었다.

"당신도 그래 넋 놓고 있으면 명숙이 아부지(창수 아저씨) 맹쿠로 죽십니더."

평소에 말이 거의 없는 어머니가 작정을 하고 한 말에, 아버지는 비로소 정신이 들었다. 창수 아저씨가 돌아가시고 거의 한 달쯤 지나서야 겨우 우울증에서 벗어났다. 아버지가 40년 지기 친구를 마음에서 떠나 보내는 데 한 달쯤 걸린 것이다.

초등학교 동창 모임에서 창수 아저씨의 딸 명숙이를 만

났다. 명숙이는 나와 동갑이라 어떤 해는 한 반이기도 했지만 친하기는커녕 서로 멀리했다. 서로 빈한한 처지가 드러나는 게 싫었는지 아버지끼리는 친해도 우리 둘은 서로 말을 잘 섞지 않았다. 어릴 때는 서로 외면했지만 나이를 먹으니 이젠 반가웠다. 아버지 친구의 딸이니 사촌지간을 만난 기분이었다. 다른 동창 친구들이 시끄럽게 술을 마시고 떠들고 놀 때, 명숙이와 나는 구석에서 오래전 시장에서 살던 얘기를 했다. 창수 아저씨는 이미 돌아가셨지만 창수 아저씨 가족과의 추억은 도리어 새로워졌다.

명숙이가 호프집을 열었다고 해서 초등학교 동기들은 일부러 수원까지 가서 술을 마셨다.

"우리 친구 중에는 돈 좀 벌어서 친구들한테 밥이라도 제대로 사겠다는 자식이 하나 없어."

창수 아저씨를 닮아서 그런지 남자보다 배짱이 두둑하고 통이 컸던 명숙이는 가끔 동창 모임에서 만나는 초등학교 친구들이 늠름하지 못한 것이 늘 불만이었다. 나는 명숙이의 '가오'를 위해 그날 10명이 넘는 친구들의 술값을 모두 냈다. 아마 창수 아저씨를 위한 내 아버지의 '가오'였을 것이다.

명숙이가 하던 가게는 죄다 잘 안됐다. 성격이 좋아서

가게가 바쁘면 단골손님에게서 먹던 술을 뺏고 서빙을 시킬 정도로 장사 수완이 좋았지만, 집주인이 말도 안 되는 가격으로 월세를 올리자 호프집을 때려치웠다. 내가 형님이라고 부르는 명숙이 남편은 한때 여행사를 크게 운영했지만 이제 후배들에게 밀려서 가끔 아는 분들에게 이문도 안 남는 여행 상품을 파는 정도였다.

결국 명숙이 내외는 미국으로 이민을 갔다. 창수 아저씨 가족과 만날 일은 이제 없을 것이다. 금호동 시장에서 그릇 가게와 기름 가게를 하던, 경상도에서 무작정 상경한 두 남자의 인연은 그들의 아들과 딸이 아버지들보다 훨씬 나이를 먹어서 뒤늦게 친구가 되었다가 한 쪽이 이민 가면서 끝이 났다. 50년 그리고 한달의 시간이다.

돌아가신 지 10년이 넘었지만 아버지는 창수 아저씨를 그리워한다. 아버지가 그리워하던 것은 시장 구석에서 쪼그려 앉아 담배를 나누어 피우던, 힘들지만 젊었던 시절일 것이다.

사람이 살면서 손으로 쥘 수 있는 인연은 그 정도인 것 같다. 인연은 언제나 시작과 끝이 있다. 그 속에서 수많은 기억은 묻히고 잊힌다. 그건 슬픈 일도 아니고 허무한 일도 아니며, 그저 여기저기서 조금씩 배어 나온 물이 모여 흘러가는 시장 바닥 배수구에 버려지던 담배꽁초 같은 것이다. 꽁초는 원래 그런 데로 던져지는 것이다.

종이 속에 빽빽하게 말려 있던 담배는 불을 붙이면 기다렸다는 듯 허공에 오래 짙은 연기를 내지만, 시간이 얼마 지나지 않아 연기의 색이 옅어지고 어느새 필터 근처까지 타 들어가 꺼져 버린다. 금호동 시장의 같은 배수구에는 늘 누군가 담배에 새로 불을 붙이고 또 꽁초를 버린다. 물에 젖은 담뱃재는 사람들의 흔적이다. 그렇게 시장의 사람들의 얼굴은 바뀌어 가고 사람들은 각자의 시대를 열었다 닫는다.

우주의 나비

조인자 선생님은 중학교 2학년 때 나의 국어 선생님이다.

나는 중학교 시절 다른 과목보다 국어를 더 잘했다. 수학은 좀 어려웠고 영어도 혼자 공부를 하다 보니 썩 뛰어나지 못했다. 대신 국어 시간은 재미있었다. 교실 앞문 옆에 앉은 나는 선생님이 수업을 마치고 나갈 때마다 늘 질문을 했다. 도대체 뭐가 궁금했을까? 수업을 마치면 다들 놀기 바쁜데 중2짜리가 자꾸 질문을 하니 선생님이 특별히 관심을 갖고 나를 예뻐했다. 수업 중에 자주 내게 책을 읽히는 것으로 내색을 했다.

언젠가 수업을 마치고 나가던 조인자 선생님이 퍼뜩 생

각이 난 듯 걸음을 멈추고 내 눈을 물끄러미 보았다. 그리고 이렇게 말했다. "너는 공부를 잘해야 한다." 이때 선생님의 표정은 "너 사고쳤지?"라고 묻는 것처럼 심각했다.

사실 그때는 공부를 잘해 봐야 밝은 미래가 없는 시절이었다. 그 당시 의대와 공대는 장애 학생의 입학을 허락하지 않았다. 현실도 모르는 친척어른들은 나를 보면 앉아서 일하는 판검사나 한의사를 해야 밥을 먹고 살거라는 막연한 충고를 하던 시절이다. 의대처럼 실습 시간에 돌아다녀야 할 필요도 없고 분필과 칠판만 있으면 수업이 진행되는 심리학과의 면접 때도 교수가 "자네는 몸이 불편한데 잘할 수 있는가?" 라고 물을 정도였다.

다른 선생님들도 내게 친절하게 대해주었지만 공부를 잘해서 나중에 훌륭한 사람이 되어야 한다고 격려를 해주지는 않았다. 열심히 해도 그 당시의 현실에서는 기회가 거의 없을 것이라는 것을 알기 때문에 주저한 것이 아닌가 싶다.

조인자 선생님은 달랐다. 그 당시 선생님도 어린 아들을 키웠는데, 모성애가 발동했는지 내게 각별했다. 무엇보다 조인자 선생님은 예뻤다. 사춘기로 접어드는 남자 중학생에게 예쁜 여자 선생님의 격려는 힘이 배가 되기 마련. 어느 날인가 조인자 선생님이 내 머리를 꼭 안아 준 기억이 난다. 뭔가 위로하는 분위기였던 것 같기도 하다. 80년대 초, 나는 시커먼 교복에 빡빡머리를 한, 그다지 청결하지도 않은 중학생이었다.

격려를 할 때는 고민과 용기가 필요할 때가 많다. 취업이 어려운 요즘 같은 때, 학생들에게 열심히 공부하면 좋은 데 취업할 수 있다는 말을 쉽게 할 수 없다. 칭찬과 조언을 하려고 해도 적어도 두 번쯤 생각해 봐야 한다. 그 당시 다른 선생님들은 다른 학생들에게 "나중에 성공하려면 열심히 공부해라."라는 말을 쉽게 했지만 내게는 그렇게 안 했다. 조인자 선생님도 내게 그 말을 쉽게 한 것이 아니었다. 내 눈을 똑바로 보면서 마치 큰 결심을 한 듯이 천천히 또박또박 던졌다.

나는 지금 내가 대학교수가 된 것이 그저 보통의 삶이지, 단 한 번도 성공했다고 생각한 적이 없다. 그래도 조금 겸손한 태도로 생각해 보니 매달 월급이 나오는 직장도 있고, 내가 하는 일에 관심을 가지고 배우는 학생들도 있으며, 기업체에 특강이라도 나가면 전문가 대접을 받고, 누구에게 아쉬운 소리 안 하고 자립해서 살고 있다. 이것도 성공이라고 부를 수 있다면 내가 성공하는 데 조인자 선생님의 격려가 큰 힘이 됐을 것이다.

내 기억에 당시 선생님의 나이가 30대 중반 정도였다. 중학교 2학년이 15세이니 대충 나와 선생님의 나이 차가 20년 정도일 것이다. 지금은 은퇴하셨을 것이고 그분을 찾을 방법도 없다. 다만 내가 던지는 말과 생각이 우주에서 사라지지 않고 나비처럼 작은 모습으로 천천히 오랜 시간을 날아다닐 수 있다면 조인자 선생님에게 감사의 마음을 전하고 싶다.

허장강 아저씨

내가 아버지 세대인 허장강 배우를 알 나이는 아니지만, 아버지와 시장에서 같이 장사하던 이웃 중에 허장강을 닮은 분이 계셨다. 대구의 부잣집 아들. 아주머니는 인정 많고 아들은 잘생겼고 딸은 미인이었다. 허장강 아저씨네도 같은 시장에서 기름을 짜서 팔았다.

74년 여름은 찌는 듯이 더웠다. 나는 하루에 10번도 넘게 찬물을 몸에 끼얹었지만 그래도 숨이 턱턱 막혔다. 잠도 못 이룰 것 같은 저녁에 아버지가 처음 보는 물건을 들고 왔다. 선풍기였다. 병석에 누운 늙은 내 할머니를 걱정한 허장강 아저씨가 집에 있는 선풍기 하나를 빌려주신

것이다. 선풍기를 빌려줄 정도로 허장강 아저씨는 사는
게 여유로웠다.

그러나 평생 쓰기만 하고 산 분이라, 노름을 하는 것도
아닌데 살림은 점점 옹색해졌다. 허장강 아저씨는 너른
한옥집에서 작은 한옥집으로, 나중에는 그것도 날려 버리
고 우리가 살던 집에 한동안 얹혀서 살았다.

허장강 아저씨의 큰아들(허장강의 아들이니 허준호 형
님이 되겠다)은 야간 고교를 나와 취업을 못 하다가 내 아
버지가 운영하는 공장에서 일을 했다. 허준호 형은 배철

수의 멋진 분위기에 외모는 세 배쯤 업그레이드한 모습이라서 늘 염문이 끊이질 않았다. 허준호 형이 미남이다 보니 그와 결혼한 형수는 마치 잉그리드 버그만이 한국인과 결혼했다면 낳았을 딱 그런 혼혈 분위기의 미인이었다.

허장강 아저씨의 딸은 나보다 다섯 살쯤 많았는데 글래머 연극 배우 김지숙을 닮아서 청순보다는 농염한 분위기였다. 대학을 다니던 명숙이 누나는 어느 날 내가 그 집에 놀러 갔을 때 간식을 주다 갑자기 한참 동안 날 끌어안고 울었다. 덕분에 나는 한동안 잠을 설쳤는데, 생각해 보니 명숙이 누나는 그때 실연을 당했던 것 같다. 나는 명숙이 누나의 실연을 연민하기보다는 김지숙을 닮은 글래머의 가슴으로 내 얼굴을 안아 주는 게 좋았다. 나는 명숙이 누나가 또 실연을 당해도 좋겠다고 생각했다.

가족들은 하나같이 법 없이도 살 만큼 좋은 분들이었지만, 특별히 사업을 하다가 실패한 것도 아닌데 쌀가마니에 난 작은 구멍에서 쌀이 빠져나가듯 결국 마지막 집마저 날린 허장강 아저씨 가족은 갈 데가 없었다. 아버지는 마침 공장 겸 다용도로 쓰던 집 한 칸을 빌려주었다. 나는 좋았다. 지숙, 아니 명숙이 누나가 옆집에 살게 됐으니.

세를 안 받아도 될 만큼 우리 집 형편도 그리 넉넉한 것은 아니었다. 시장에서 같이 장사하던 정으로 1년쯤 아버지가 사 둔 빈집에서 지내던 허장강 아저씨는 우리가 그 집으로 들어가게 되면서 집을 비워야 했다. 누군가 살아야 하는 공간이 필요하면 다른 누군가는 어쩔 수 없이 자리를 비워 줘야 했다.

마땅한 전세를 얻기 힘들었던 허장강 아저씨 가족은 다시 아버지 공장의 위층에 있는 방 두 개짜리 집으로 옮겼다. 그곳도 세를 받아야 우리 집에는 돈이 돌았겠지만, 시장에서 장사할 때 같이 고생한 의리로 아버지는 세를 받지 않았다. 게다가 허준호 형님이 우리 공장에서 일하는 동안 차마 모질게 내칠 수가 없었다. 아버지는 부족한 집세만큼의 돈을 은행에서 빌렸다.

허장강 아저씨가 2층으로 이사 가면서 명숙이 누나가 쓰던 작은 방을 내가 쓰게 되었다. 구석에 있어서 창문이 작고 해가 들지 않았지만 아늑한 느낌을 주던 그 방을 떠나면서 명숙이 누나는 쓰던 책상을 두고 갔다. 새로 이사 가는 집은 작아서 명숙이 누나의 책상을 둘 데가 없었다.

"나 이 방 참 좋아했는데. 섭섭하네. 네가 잘 써."

실연당해서 내 머리를 안고 울 때의 슬픈 표정이었다.

명숙이 누나가 잘 쓰라고 한 건 책상이었지만, 속으로 이별 인사를 한 대상은 1년간 살았던 작은 방이었을 것이다. 넉넉한 형편에서 자랐던 명숙이 누나는 이제 앞으로 자기 방이 없을 거란 사실을 받아들이기 쉽지 않았을 것이다. 명숙이 누나는 의자에 앉아 스누피가 그려진 방석을 5분쯤 가슴에 껴안고 있었다. 그러고는 스누피 방석도 그 방에 두고 일어섰다. 나는 태어나 처음으로 방이 생겼고 명숙이 누나는 처음으로 자기 방이 없어졌다. 명숙이 누나는 오빠들과 같은 방을 쓸 수 없으니 부모님과 같은 방을 쓸 거라고 했다. 나는 작은 방이지만 내 방이 생긴 기쁨을 맘껏 누리기가 미안했다.

허장강 아저씨가 살던 집은 여전히 우리 집 옆에 있었기 때문에 그 후로도 늘 아저씨네 식구들을 볼 수 있었다. 허장강 아저씨는 점점 말라 갔다. 시장의 가게는 아주머니에게 맡기고 여기저기서 술을 얻어 마시며 시간을 보냈다. 술을 마셔도 식사를 하지 않아 말라 갈 수밖에 없었다. 대구의 넉넉한 친정에서 시집을 왔던 그 집의 아주머니는 술만 먹고 다니는 허장강 아저씨에게 한 번도 짜증을 부리지 않았다. 어머니 말로는 그 집의 아주머니가 양반집 출신에 워낙 점잖아서 그렇다고 했다.

시장의 가게도 장사가 점점 더 안 된다고 했다. 진즉 장사를 걷어치우고 공장을 시작한 내 부모님은 시장에서 장사하는 예전의 이웃들이 다 똑같이 어렵게 지낸다고 했다. 부모님은 장사를 그만둔 것을 다행스럽게 여기는 것 같았다. 그러면서 허장강 아저씨는 장사 같은 건 할 수 없는 양반이라고 했다. 점잖게 살던 사람이 장사 같은 건 하기 어렵다고.

허장강 아저씨 가족 중에서 굳은 의지 비슷한 걸 가진 사람은 허준호 형뿐이었다. 작은 공장을 운영하면서 딱히 믿을 사람이 없던 내 아버지는 허준호 형이 나중에 공장장 같은 역할을 하길 기대했다. 그런 기색을 알았던지 허준호 형도 열심히 일했다. 동네의 작은 공장은 늘 가족이나 친지들이 같이 일하는 게 흔한 시절, 먼 친척 형 하나도 우리 공장에서 오래 일했지만 아버지는 결국 허준호 형에게 공장을 물려주었다. 허준호 형은 친척은 아니었지만 마음으로는 오촌 정도로 가까웠다.

그사이 명숙이 누나는 애인이 생겼다. 골목에서 옆집으로 들어가는 명숙이 누나 옆에 가끔 누가 있었다. 애인이 생기면서 명숙이 누나는 다시 생기가 돌았다. 다만 먼 허공을 보는 표정은 여전했다. 어디론가 떠나야 숨을 쉴 수 있을 것 같은 눈빛. 늘 집안의 가장과 같은 무거운 표정을 짓던 허준호 형과 먼 곳만 쳐다보던 명숙이 누나를 제외하고 나머지 식구들은 비 온 후 시간이 지나면서 머금은 물이 점점 줄어드는 화분의 꽃나무처럼 시들어 갔다.

우리 집은 점점 더 형편이 나아졌고, 대구에서 부자로 살았던 허장강 아저씨네는 점점 더 옹색해졌다. 생각해보면 금호동에 살던 수많은 상경민 중 모질지 못한 사람들은 서울살이가 더 힘들었던 것 같다. 한 고향 출신인 내 부모님은 허장강 아저씨네 아주머니를 볼 때마다 우리 집 형편이 나아지는 걸 미안해했다.

경기가 좋았던 한때 아버지가 하던 공장은 아주 잘돼서 우리 집은 도시 빈민에서 중산층으로 수직 상승했다. 등록금 걱정으로 대학을 포기할까도 생각했던 내 누나가 학비 정도는 걱정 안 해도 될 정도로 살림살이가 몇 년 사이 갑자기 나아졌다.

그러나 80년대 가내 수공업이란 아무리 장사가 잘돼도 거기에 붙어 먹고살 수 있는 식구 수가 정해져 있다. 80년대 중반부터 90년대 초반까지 경기가 좋던 시절, 넉넉한 단가에 하청 주문을 주던 본사는 점점 각박해졌다. 물건의 납품가를 줄이고, 불량품 검사가 점점 철저해졌다. 불량률이 늘어난 것이라 아니라 담당하던 직원들의 요구사항이 점점 늘어난 것이다. 남들은 선물을 받는 명절이 와도 우리 집은 분위기가 좋지 않았다. 하청 주문을 주던 회사의 실무 담당 직원부터 물건을 가져오는 운전기사까지 챙겨 줄 사람이 점점 늘었다.

몇 년 고민하던 아버지는 결국 공장을 허준호 형에게 넘기기로 결정했다. 우리 식구들과 허준호 형네까지 먹고 살기에는 공장의 규모가 작았다. 결혼한 지 오래지 않았고 아직 30대 후반이던 허준호 형은 작은 규모의 공장에서 나오는 이익으로 가족을 먹여살릴 만했다.

사장이 되어 자신의 공장을 운영하게 된 허준호 형은 한 번씩 퇴근길에 우리 집에 들렀다. 전에 모시던 사장님인 내 아버지에게 조언을 듣는다는 핑계로 말이다. 허준호 형이 찾아오면 공장이 잘되던 시절의 무용담을 펼치며 아버지는 즐거워했다.

"박 부장은 말이다, 사람이 좋아서 형님처럼 대해 주면 좋아한데이. 잘 도와줄 끼다."

"예, 잘 알고 있습니다."

"근데 손 상무는 조심하래이. 그 양반은 다른 업체만큼

쥐어 주는 게 없으면 언제라도 하청 물건 줄이고 불량이 어쩌고 따질 거라. 아마 니를 고생 좀 시킬 거래이."

"예, 사장님 말씀대로 그 양반들 명절 때마다 잊지 않고 잘 챙깁니다."

허준호 형에게 공장을 넘겼지만, 본사 직원들과의 오랜 인연으로 가끔 그들과 술을 한 잔씩 하던 아버지의 귀에 좋지 않은 소문이 들리기 시작했다. 납품 일자를 제때 못 맞추고 물건을 제대로 만들지 못해서 하청 물량이 줄었다는 소식, 이익이 많이 남는 물품을 다른 하청업체로 빼앗겼다는 소식이 들렸다. 최악의 소식은 허준호 형이 노름을 하느라 공장 일을 제대로 돌보지 않는 소문이었다.

한동안 소식이 없던 허준호 형이 급히 돈을 빌리러 찾아왔다. 용도를 묻기보다 적지 않은 액수에 당황한 내 부모님은 20년이 넘는 허장강 아저씨와의 인연, 그리고 10년 넘게 데리고 있던 허준호 형과의 인연과 빌려달라는 금액 사이에서 한참 고민했다. 공장을 할 때는 크게 부담스러운 액수가 아니었지만, 공장을 넘기고 아무 일도 안 하는 형편에는 큰 액수였다. 결국 돈을 돌려받지 못할 각오를 하고 아버지는 허준호 형에게 돈을 융통해 주었다.

예상대로 돈을 빌려 간 후로 허준호 형이 찾아오는 횟

수는 줄었다. 소식도 아주 뜨문뜨문 들려왔다.

허장강 아저씨네 아주머니가 돌아가셨다. 상갓집에서 몇 년 만에 허준호 형을 만난 아버지는 허준호 형에게 돈은 언제 갚을 수 있을지 차마 묻지를 못했다. 공장을 정리했다는 소문도 들은 지가 꽤 지났지만 그것도 물어보지 못했다.

"어! 아저씨?"

논문 자료를 수집한다고 귀국해 잠시 본가에 머물던 나는 쿵쿵거리는 소리에 현관문을 열었다. 허장강 아저씨가 서 있었다. 손은 까맣고 손톱에는 때가 잔뜩 끼어 있었다. 몸에서 냄새가 많이 났다.

"니가 누꼬? 니가 막내가?"

허장강 아저씨의 눈동자는 마치 오래 중병을 앓은 사람처럼 초점이 없었다. 어머니가 부엌에서 부랴부랴 나왔다.

"제수씨, 내 커피 한잔 타 주소."

치매가 많이 진행된 허장강 아저씨는 식구들이 모두 나가면 혼자 집을 지켰다. 이불 속에 감춰 두고 마시던 술도 며느리가 일을 나가면서 치워 버리자 혼자 소주를 사러

나왔다가 길을 잃었다. 헤매다 발이 멈춘 곳이 우리 집 앞이었다.

"그란데…… 요즘 장사는 잘 됩니꺼? 그릇이…… 잘 팔려요?"

천천히 단어를 힘들게 찾으며 말을 하는 허장강 아저씨는 수십 년 전 금호동 시장에서 장사하던 시절로 돌아간 듯했다.

"잘 오셨습니다. 며느리도 없는데 혼자 커피 드실라고 물 끓이다 잘못하면 불날 수도 있는데."

허장강 아저씨의 정신이 오락가락한다는 소문을 들어 알고 있던 어머니는 급히 커피를 탔다.

"아재요. 무슨 일 날까 봐 소주 한 병은 못 사 드립니다. 대신 여서 우리 집에 있는 술 한두 잔만 드시고 가이소."

허장강 아저씨는 시장 사람들과 야유회 가던 날 얘기를 했다. 산정호수에서 술 한잔에 거나해진 허장강 아저씨는 남인수의 노래를 잘 불렀다. 그런 허장강 아저씨에게 어머니는 차마 허준호 형의 소식을 묻지 못했다.

"다음에도 커피 드시고 싶으믄 우리 집에 오이소."

얼마 뒤 허장강 아저씨도 돌아가셨다.

"돈이야 없던 셈 치면 되는데."

조카는 자식과 다르다. 자식은 미운 짓을 해도 미워할 수가 없다. 조카가 예쁠 때는 자식만큼 예쁘다. 그러나 조카가 미운 짓을 하기 시작하면 남보다 더 미워지기도 한다. 친구의 아들인 허준호 형은 내 아버지에게 오촌 조카 같았다. 아버지는 생전 소식 하나 없는 허준호 형이 미웠다. 그러다 같이 일하던 힘든 시절을 생각하면 조카처럼 안쓰러운 생각이 들었다.

"그노마 내가 살아 있을 때 얼굴이나 한번 보면 좋겠다."

허준호 형의 소식을 듣지 못한 지가 10년도 넘었다. 공장도 넘기고, 어렵게 마련한 작은 집도 날렸지만 한동안은 좋은 소식이 아니더라도 허준호 형의 소식을 들을 수 있었다. 어디서 '노가다' 일을 한다는 소식도 들렸다. 이제 그런 소식마저도 들리지 않는다.

"그 덥던 여름에 그 집에서 빌려준 선풍기를 켜니 느그들이 시원하다고 얼마나 좋아했는데."

뽀빠이 삼촌

어릴 때 나는 입이 짧았다. 고기를 안 좋아하고 김치나 장아찌, 콩나물 같은 반찬만 먹었다. 눈이 여전히 달려 있는 커다란 멸치가 가장 싫었다. 가끔 어른들에게 혼이 났다. 특히 대학을 다니는 동안 우리 집에 잠시 머물던 막내 외삼촌이 날 호되게 혼내곤 했다. 고기라면 사족을 못 쓰던 외삼촌은 고기를 못 먹는 나를 이해하지 못했다.

사실 내가 고기를 잘 못 먹는 것은 고기를 자주 먹지 않아서였을 가능성이 크다. 할머니가 돌아가시기 전에는 늘 할머니가 내게 밥을 줬다. 할머니가 준 반찬은 커다란 총각김치를 젓가락에 꽂아서 밥 한입, 무 한입! 아니면 밥 한 숟가락, 장아찌 한 젓가락! 할머니와 밥 먹던 날들의 기억은 늘 밥과 총각김치 혹은 장아찌다. 고기를 잘 안 먹어 본 내가 고기를 싫어하는 것은 당연했다.

우리 집에 놀러 오던 천규 삼촌은 내 막내 외삼촌과 달리 날 혼내지는 않았다. 대신 "남자는 이렇게 먹어야지." 하면서 숟가락 하나 가득 밥을 뜨고 그 위에 김치와 멸치를 가득 얹어서 입이 터지도록 넣고 맛있게 씹었다. 어떨 때는 밥상에 있는 반찬을 하나하나 죄다 얹어서 입이 미어터지게 넣고 일부러 우스운 모습으로 우적우적 씹었다. 보디빌딩을 해서 상체 근육이 발달했던 천규 삼촌이 입안 가득 밥을 넣고 우적거리면 팔뚝의 알통도 같이 움직이면서 마치 시금치 먹는 뽀빠이 같았다. 키는 작지만 역삼각형 몸매에, 머리는 작고 몸이 알통으로 가득했다.

멸치를 그렇게 싫어하던 나도 그걸 보고는 천규 삼촌을 따라서 먹고 싶어졌다. 그걸 금방 알아챈 천규 삼촌은 눈알이 안 보이는 멸치만 골라서 내 숟가락에 얹어 주었다. 천규 삼촌은 동네 꼬마인 나와 밥을 먹으면서도 늘 키득거리며 놀아 주는 법을 알았다.

천규 삼촌은 가난 때문에 고등학교에 진학하지 못하고 대구 근처의 시골에서 반건달로 지내다 카투사로 입대했다. 그때는 중학교 졸업 학력만으로도 카투사에 입대할

할 수 있었다. 제대 후 배운 것도, 기술도 없던 삼촌은 친형인 창수 아저씨가 사는 금호동으로 올라와 직장이라도 구하려 했다. 하지만 뜻대로 되지 않아서 딱히 하는 일 없이 시장에서 어슬렁거렸다.

어깨에 가득 문신을 하고 건달 같은 인상으로 금호동을 돌아다니던 천규 삼촌은 시장에서 고향 선배인 아버지를 알게 되었다. 천규 삼촌은 내 아버지에게 술도 얻어 마시고, 우리 집에 가끔 놀러와 점심을 먹었다. 아버지의 동생 뻘이므로 나는 그를 삼촌이라고 불렀다.

중학교에 들어가니 잘사는 친구들은 카세트테이프로 된 영어 교재를 가지고 공부를 했다. 학교에는 카세트도 없는데 오후에 과외 가서 공부한다고 일부러 카세트테이프를 가지고 왔다. 우리 집은 영어공부 테이프를 사 줄 수 없던 형편이라 나도 그걸로 공부를 해 보고 싶은 마음이 있었지만 처음부터 포기하고 사 달라고 할 마음도 먹지 않았다.

어떻게 알았을까? 천규 삼촌은 카투사에서 배운 짧은 영어로 내 영어 교과서를 읽어 주었다. 그리고 독수리표 세이코 녹음기로 삼촌의 목소리를 녹음했다.

"아이 엠 탐. 유 아 제인."

나도 마침내 늘 부러워하던 영어 테이프가 생겼다.

천규 삼촌은 시장에서 어슬렁거리며 담뱃값이나 버는 것 외에는 한국에서 먹고살 길이 막막했다. 자신이 가진 것은 카투사 시절에 배운 짧은 영어밖에 없다는 것을 깨달은 천규 삼촌은 카투사 시절에 알던 사람을 통해서 한국에서 근무하던 미군 여자를 소개받았다. 그리고 영주권을 취득하기 위해서 가짜로 결혼해서 도미했다. 미국이 더 많은 기회가 주어지는 땅이라서가 아니라, 한국에는 아예 먹고살 길이 없었기 때문이다.

그러나 미국에서도 여전히 먹고살 길이 막막했다. 영어를 잘하는 사람이 귀하던 시절이라, 영어를 못하는 교민들이 관공서에 일을 볼 때 따라가서 영어 통역을 해 주고 심부름값을 받는 것이 그나마 호구지책이었다. 나중에 천규 삼촌은 명품 브랜드의 옷을 사서 겹겹이 입고 비행기를 타고 한국에 와서 다시 더 비싼 값으로 팔아서 겨우 호구를 했다. 명품 브랜드가 수입이 안 되던 시절엔 그런 식으로 장사를 하던 사람이 제법 많았다. 결국 천규 삼촌은 월급을 꼬박꼬박 받을 수 있는 직업 군인이 되기 위해 마흔 살이 낼모레인 나이에 미국 군대에 입대했다. 천규 삼촌은 군대를 한국과 미국에서 두 번 간 셈이다.

세상의 온갖 일을 다 해 본 천규 삼촌은 한밤에 건물을 청소하는 용역권을 획득하면서 돈을 벌기 시작했다. 밤새 건물을 청소하는 일은 돈이 됐지만 아무도 하길 원하질 않았다.

아메리칸드림이라는 이민의 사다리에서 맨 아래에 있던 삼촌은 마침내 그 사다리의 가장 높은 발판에 올랐다. 어느 날 갑자기 일어난 돈 불이 꺼질 줄을 몰랐다. 삼촌은 청소로 번 돈으로 도넛 가게를 인수하고, 슈퍼마켓을 인수하고, 일식집을 여러 개 경영하는 등 사업체를 늘렸다.

돈을 벌자 천규 삼촌의 마음이 변하기 시작했다. 교포 사회에서 어깨에 힘을 주고 다녔고 한국에서 명문대를 나온 사람으로 통했다. 삼촌은 구질구질한 한국의 과거를 묻어 버리고 싶었다. 중졸, 어깨의 문신, 시장 바닥의 건달 같은 기억을 감추고 싶었고, 미국에서는 감추는 일이 그리 어렵지 않았다. 천규 삼촌뿐 아니라 삼촌이 만나는 많은 교포들은 자신들이 기억하는 과거와 그들을 아는 사람들이 기억하는 과거가 달랐다. 어쩌다 삼촌의 과거를 아는 사람들 역시 자신들도 숨기고 싶은 과거가 많아서 서로 말을 꺼내지 않았다. 천규 삼촌은 친척과 친지들을 외면하기 시작했다. 나중에 의사가 된 아들의 결혼식에 별 볼 일 없는 친척과 친지는 초청도 받지 못했다.

천규 삼촌이 코로나로 갑자기 사망했다. 이런 시절에는 사람들의 입방아를 믿을 수 없어서 정말 사인이 코로나 감염인지는 알 수 없었다. 그러나 천규 삼촌이 사망한 것은 사실이었다. 미군으로 근무하면서 고향이 그리워서 한국에서 복무하는 걸 자원했던 삼촌은 두 번쯤 금호동에 찾아온 적이 있다. 끊어질 듯 끊어질 듯 인연은 계속되어 미국에 아는 친척이나 친지가 아무도 없었던 나는 유학 중에 삼촌에게 전화한 적이 있다. 군 복무를 마치고 댈러스Dallas에서 살던 삼촌은 "기왕이면 텍사스로 유학을 오지? 삼촌이 아직 돈은 많이 못 벌었지만, 너는 좀 도와줄 수 있을 텐데……."라며 전화 속에서 웃었다. 전화선 너머 숟갈 가득 밥을 뜨고 김치와 멸치를 얹어서 우적우적 먹던 뽀빠이 삼촌의 얼굴이 보였다.

가족과 친지도 외면하고, 친구들과도 인연을 끊고, 성공한 교포로 살고자 독하게 마음먹었던 천규 삼촌은 많지도 않은 나이에 어이없이 세상을 떠났다. 그래도 내게 남은 기억은 살갑게 대해 주던 동네 삼촌이다. 내가 「육백만

불의 사나이」의 스티브 오스틴을 공책에 그리면 마치 미켈란젤로의 그림인 양 칭찬해 주던 천규 삼촌. 그의 아메리칸드림은 끝이 났지만, 내게는 시금치 대신 김치와 멸치를 우적우적 씹으며 금호동 시장 옆에 살던 초등학생을 키득거리며 웃게 해 주던 따뜻한 뽀빠이 삼촌으로 남아 있다. 뽀빠이 삼촌, 안녕!

선학알미늄

안 여사는 영수 엄마와 그릇 가게에 들어갔다. 그릇 가게에 마지막으로 와 본 지가 언제였는지 기억도 나질 않는다. 안 여사는 요즘 주부들처럼 예쁜 새 그릇으로 바꾸는데 관심이 없었다. 김치 통 같은 것은 마트에서 사거나 은행에서 사은품으로 받으니 그릇 살 일이 거의 없었다. 정작 금호동 시장에서 꽤 오랫동안 그릇을 팔았으면서.

안 여사보다 나이가 여덟 살 많은 영수 엄마는 달랐다. 공무원인 남편이 월급을 꼬박꼬박 가져왔지만, 시동생들을 결혼시킬 때까지 데리고 사느라 젊어서부터 쪼들렸다. 그래서인지 나이가 들자 예쁜 그릇이나 가재도구에 욕심을 냈다. 재작년 큰아들이 암으로 일찍 세상을 떠난 후에는 더 심해졌다.

영수 엄마는 백화점에 가는 걸 겁냈다. 아직도 뭘 살 때마다 재래시장인 금호동 시장에 갔다. 그것도 혼자 가기 싫어서 늘 안 여사에게 같이 가자고 청했다. 영수 엄마가 자주 시장에 가는 게 아들 없는 빈 마음을 채우는 것이려니 생각한 안 여사는 늘 흔쾌히 같이 시장을 나섰다. 영수 엄마는 입담이 좋아서 모처럼 동네 얘기도 들을 수 있으니 억지로 따라가는 것도 아니었다.

영수 엄마는 한참 동안 여기저기서 그릇을 꺼내 안 여사에게 어떠냐고 물어보더니 마침내 점원에게 말을 걸었다. 영수 엄마는 싼 물건을 사더라도 1000원이라도 깎는 버릇이 아직 남아 있었다. 구경하는 안 여사의 손이 자연스럽게 가까운 곳에 진열된 그릇에 갔다.

"요즘 그릇들은 예쁘구나. 우리 장사할 때와 다르네."

안 여사의 눈에 익숙한 상표가 보였다. 선학알미늄.

"아직 선학알미늄에서 그릇이 나오는구나."

안여사와 남편 명구씨가 무작정 상경해서 금호동에 오자마자 차렸던 어물전은 통 장사가 되질 않았다. 뭐든 결정을 빨리 내리는 성격을 가진 명구 씨는 어물전을 얼른

치웠다. 두 사람은 이번에는 구멍가게를 열었다. 시골에서 가게를 해 봤으니 먹을 걸 파는 게 그래도 낫겠다는 생각이었다. 또, 그동안의 경험을 살린다면 작은 구멍가게쯤 어렵지 않을 것 같았다.

하지만 서울은 시골에서 하던 식이 통하지 않았다. 6개월 겨우 버티던 구멍가게도 접었다. 금호동에 온 지 두 해도 되지 않아 세 번째 장사로 그릇 가게를 열었다. 70년을 기점으로 시골에서 서울로 무작정 상경하는 사람들이 늘면서 집세가 싼 금호동으로 인구가 몰렸고 자연히 새살림에 필요한 그릇의 수요도 늘었다.

하지만 길 건너편 시장에 이미 동부상회라는 큰 그릇 가게가 있었다. 같은 고향 사람이라는 이유로 알게 된 동부상회 주인이 그릇 장사가 잘된다며 명구네도 한번 팔아 보라고 권했다. 요즘 길보다 조금 너른 왕복 2차선 차도를 사이에 두고 그릇 가게가 둘이 생겼다. 경쟁이 되겠지만 잘되는 것은 나눠 먹자는 순박한 생각을 하던 시절이었다.

세 번째로 시작한 그릇 가게 '삼정상회'는 잘됐다. 그릇이 잘 팔려서 재고가 금방 바닥났다. 도매점에서 물건을 한 번에 많이 사 오면 되지만, 그러기엔 가진 돈이 많이 부족했다. 할 수 없이 명구씨는 금호동에서 제과점을 하는 친구 규철에게 손을 벌렸다.

제과점에서 제일 많이 돈이 들어가는 건 밀가루와 설탕을 한 번에 사 오는 일이었다. 규철네 제과점은 밀가루와 설탕을 일주일에 한 번씩 사 오기 때문에 돈을 급히 돌리지 않아도 되었다. 반면 명규 씨네 그릇 가게는 매일 저녁 물건을 받아 와야 해서 빠듯했다. 처음 명구씨는 여윳돈이 없어서 일숫돈을 썼다. 규철에게 돈을 빌리기 시작하고서야 일수 찍기를 그만두었다. 두 사람은 차용증을 쓰지 않았지만 명구씨는 단 한 번도 돈 갚는 날을 어기지 않았다. 다음 날 장사할 물건을 못 사더라도 반드시 규철에게 빌린 돈부터 돌려주었다. 고향에서는 규철의 형인 규호와 친구였지만, 금호동에 자리 잡은 후부터 말이 별로 없고 허허 잘 웃는 동생 규철과 더 가까워졌다.

그릇 가게의 매출이 늘어서 한 번에 도매점에서 떼어 오는 물건의 양이 조금씩 늘자 비로소 명구 씨와 안 여사는 마음이 좀 놓였다. 그릇이 잘 팔리니 길 하나를 사이에 두고 그릇을 파는 동부상회와도 사이가 좋았다. 손님이 삼정상회에 없는 물건을 찾으면 명구 씨와 안 여사는 그를 동부상회로 보냈다. 동부상회에서도 손님이 많은 대목 시간에는 물건을 포장해 주기 바빠서 삼정상회로 손님을 보냈다.

나중에 그릇이 잘 팔리는 또 다른 이유를 알았다. 선학
알미늄 때문이었다.

60년대에 등장한 양은 그릇은 가볍고 잘 깨지지 않았
다. 그전에 주로 사용하던 무쇠나 놋쇠 그릇은 너무 무거
웠고, 사기그릇은 쉽게 깨졌다. 주부들은 새로 나온 양은
그릇에 열광했다. 무엇보다 가정에서 연료로 사용하기 시
작한 연탄에 잘 맞았다. 연탄은 화력이 약해서 무쇠솥을
사용하면 오래 달궈야 했지만, 양은 그릇은 열전도가 잘
돼서 화력이 약한 연탄불에도 안성맞춤이었다.

양은 그릇을 만드는 대표적인 회사는 남선알미늄과 선
학알미늄이었다. 남선알미늄이 그중 가격이 좀 더 높고
고급이었다. 후에 양은 그릇과 비슷한 특징을 가진 스테
인리스 그릇이 나왔다. 1970년대 초는 양은과 스테인리
스의 전성시대였다. 양은은 본래 알루미늄이다. 발음이
어렵고 낯선 단어라 '서양의 은銀'이라는 뜻의 '양은洋銀'
으로 이름을 붙였다고 하는데, 상표 이름이 소비자의 귀
에 잘 붙었다.

안 여사는 시골에서 본 적 없는 양은 그릇이 잘 팔리는

것이 신기했다. 이 그릇이 워낙 인기라 사람들은 안 여사네 삼정상회를 '양은 가게'라고 불렀다. 점점 상황이 나아졌다. 도매점과 거래가 늘면서 나중에는 물건을 떼어 올 때 신용 거래도 이루어졌다. 더 이상 규철에게 돈을 융통할 필요도 없어졌다.

김천 밖으로 한 번도 나가 본 적이 없는 칠순의 노모와 식구들을 이끌고 '무작정' 상경했던 명구 씨는 사실 노심초사했었다. 시골에서는 땅뙈기라도 있으면 가난해도 굶지는 않았다. 그러나 서울이라는 도시는 장사가 안되면 식구들이 굶을 수밖에 없었다. 내색은 안 했지만 안 여사는 명구 씨보다 더 속이 탔다.

안 여사는 명구 씨가 서울로 이사 가자고 했을 때, 시어머니 박 씨만큼 좋았다. 안 여사의 아버지 안정우는 당시엔 보기 드물게 가족에게 살뜰한 남자였다. 안정우는 일본 탄광에서 벌어 온 돈으로 장사를 하다 노름으로 날리기는 했지만, 아이들 교육이라면 도둑질이라도 할 양반이었다. 나중에 서울의 아이들이 외갓집이라고 찾아오면 한밤중에 손수 꽁치를 구워서 제비 새끼에게 먹이를 주듯 손주들의 입에 넣어 주는 자상한 할아버지였다. 그런 아버지 밑에서 자란 안 여사는 가난을 겪었어도 어른이나 인척들에게 설움받은 적이 없었다. 그런데 시집을 가니 큰집 어머니가 주는 설움이 이만저만하지 않았다. 안 여사는 그래도 시어머니를 생각해서 묵묵히 참았다. 시어머니가 당신의 손위 동서에게 설움을 겪는데, 안 여사가 불평을 할 수는 없었다.

아들 명구가 서울로 이사 가자고 하자 시어머니 박 씨는 잠시도 지체하지 않고 "그러마." 했을 때, 사실 그 말은 안 여사의 입에서 먼저 튀어나올 뻔했다. 더욱이 몸이 아픈 막내를 생각하면 시골은 아무런 희망이 없는 곳이었다. 서울로 나올 때 안 여사는 내색은 안 했지만 희망에 차 있었다.

장사가 잘되지 않을 때 안 여사의 속은 시커멓게 타들어 갔다. 장사를 마친 늦은 밤, 집에 가는 길에 시장에서 반찬거리라도 사 가야 하는데, 주머니에는 내일 떼어 올 그릇 살 돈밖에 없었다. 그럴 때면 안 씨는 식용유 대신 돼지기름을 쓰기도 하고, 시장에서 버린 무시래기를 남편 몰래 주워 오기도 했다.

그릇이 잘 팔리기 시작하자 안 여사는 다시 희망을 보았다. '선학'과 '남선' 중 '선학'이 더 잘 팔렸다. 겨우 방 한 칸 얻어서 온 식구가 뭉쳐서 자는 게 보통인 금호동 사람들. 손님들은 가게에 들어와 '선학'과 '남선'을 들었다가 가격이 조금 높은 남선을 내려놓았다.

　가게에 진열된 선학알미늄 냄비를 보고 있자면 상표에 그려진 불씨가 희망처럼 보였다. 안 여사는 선학알미늄 상표의 학처럼 비로소 날개를 펼 수 있을 것 같았다.

　안 여사도 선학알미늄 냄비를 한번 써 보고 싶었다. 그러나 가게에 양은 그릇이 가득 차 있어도 안 여사에겐 팔아야 할 물건이지 감히 집에서 쓸 수 있는 물건이 아니었다.

　양은 그릇을 팔다가 집에 오면, 안 여사는 시골에서부터 쓰던 무거운 무쇠솥에 쌀을 안쳤다. 무거운 무쇠솥을 들

때면 어김없이 가게에서 팔던 가벼운 양은 그릇 생각났다.

"언감생심…… 파는 물건인데."

도리질하면서도 안 여사의 마음 한구석에 양은 그릇을 써 보고 싶은 욕심이 들었다.

결코 눈치가 밝은 편이 아닌 명구 씨도 기어코 안 여사의 마음을 알아차렸다. 가게 문을 닫고 집에 갈 무렵인 밤 10시가 되면 늘 안 여사가 그릇을 만지작거리다 내려놓는 게 보였다. 양은 냄비 한 개쯤 집에 가져가 써 보고 싶은 마음이 들다가도 명구 씨와 눈이 마주치면 화들짝 놀라 그릇을 내려놓았다.

어느 장사가 잘된 날, 명구 씨는 가게 문을 닫으면서 안 여사가 늘 들었다 내려놓던 냄비를 집어 들었다. 밥솥으로 쓸 만한 크기의 커다란 양은 냄비였다. 안 여사가 물었다.

"당신 그거 왜 들어요?"

"어. 내일 누구 좀 갖다줄 데가 있네."

명구 씨는 누구를 줄 것처럼 양은 냄비를 신문지에 쌌다. 손님에게 팔 때 물건을 싸 주던 신문지였다.

늦은 밤 늙은 시어머니는 아들 내외를 기다리느라 아직 자지 않고 있었다. 아니, 막내 정식이를 안고 졸고 있었다.

"미오기 아배야. 그기 뭔가?"

명구 씨는 신문지를 벗기고 양은 냄비를 부엌에 놓았다.

"어무이, 이기 우리가 가게에서 파는 양은 냄비입니더. 여보, 우리도 저거 한번 써 보세."

놀란 안 여사가 명구 씨를 보았다.

"아이고! 저거 파는 긴데요."

"시끄럽다! 내도 저 양은 냄비에 끓인 밥 한번 묵자. 밥 맛이 다른갑구마."

무뚝뚝한 명구 씨가 안 여사의 입을 막았다.

그릇 장사를 그만둔 지 44년. 안 여사의 아파트 주방에는 그때 가져온 양은 냄비가 아직 있다. 딸 미옥이가 유학 갔다 오면서 사다 준 외제 냄비도 있지만 안 여사는 열 번 가까이 이사를 하면서도 그 양은 냄비를 버리지 못했다.

영수 엄마가 1000원이라도 깎으려고 점원과 실랑이하는 걸 보면서 한 손으로 만져 본 선학알미늄 그릇. 안 여사는 아주 오래 잊고 있던 기억이 났다. 49년 전 남편 명구가 신문지를 벗기고 양은 냄비를 부엌에 내려놓을 때, 분명히 선학알미늄 상표 속의 학이 날개를 한 번 크게 펄럭이고 날았다.

3
그리운 그 집

겨울 아침 배춧국

모처럼 눈이 온다. 폭설이다. 눈길을 헤치고 한강을 건너
귀가하려니 언제 집에 도착할지 예측조차 어렵다. 내 집
보다 학교에서 조금 더 가까운 어머니 댁에서 잠을 자기
로 했다. 어머니 댁 작은 방은 갈 때마다 내가 늘 자는 곳
이다.

초등학교 4학년 2학기 겨울밤, 나는 온돌방에서 나오는
열기 때문에 새벽녘에 깨곤 했다. 문을 연다고 혼이 날까
봐 문풍지 바른 미닫이문을 바늘만큼만 열어 두고 몸에서
오르는 열을 식혔다. 새벽에 한번 깨면 잠은 다시 오질 않
고 밤은 길어지기만 했다. 마루에 괘종시계가 있어서 방

에서는 몇 시인지 알 수가 없었다.

어둠 속에서 가만히 누워 있으면 아주 작은 창문에 달빛이 비쳤다. 눈이 달빛에 익숙해지자 조금씩 희미하게 주변이 보이기 시작했다. 달빛에 종일 장사에 지친 아버지와 어머니가 곤히 주무시는 모습이 한국화에서 보던 굵은 산언덕처럼 윤곽만 보였다. 문틈으로 들어오던 실바람에 잠을 깨던 시절 초등학교 4학년 1학기가 지나고 새로이사 간 때라 기억이 생생할 것이다.

쉽게 잠 못 들고 이리저리 뒤척이다 미닫이 방문을 살

짝 열고 마루로 나가 볼까 싶었다. 열까 말까 망설이다 드르륵 문소리에 어머니가 깰 것 같아 열지는 못하고, 엎드리기도 하고 옆으로 눕기도 해 본다. 엎드린 채로 엄마의 오른팔에 가만히 머리를 대어 본다. 그렇게 한참 있으면, 어머니가 왼쪽으로 돌아누우면서 어머니의 팔과 손은 내게서 멀어지고 내가 머리를 대었던 자리는 빈다. 어머니의 등에 머리를 대고 싶지만 피곤함에 지쳐서 자는 어머니에게 왠지 그러면 안 될 것 같았다. 나는 어머니와 내 자리 사이의 공간에 비치는 달빛을 한참 보았다. 그때 난 12살, 어머니는 38살이었다.

모처럼 간 어머니 댁에서 아무 것도 마시지 않고 찬장에 오래 둔 양주를 꺼내 몇 잔 먹었다. 술에 몸이 더워져 창문을 조금 열고 자다가 새벽에 깼다. 침대 속은 따뜻한데 바늘만큼 열어 둔 창에서 살금살금 겨울바람이 들어온다.

괘종시계가 댕…… 댕…… 댕, 세 번 치는 걸 들었다. 아직도 한밤중이구나. 곤히 자는 식구들 중에 괘종시계 소리에 깨는 사람은 없다. 다시 시계가 몇 번 더 쳐야 긴 밤이 지나고 아침이 올 것이다. 아까는 들리지 않던 시계 바늘이 움직이는 소리가 조금씩 크게 들린다. 또 댕…… 댕…… 댕…… 댕 시계가 울린다. 한 시간이 지났는데도 여전히 잠이 오지 않는다.

문득 생각해 보니 지금 어머니 집엔 괘종시계가 없다. 한밤중에 들리는 시계 소리는 4학년 2학기 겨울에 울리던 그 소리다. 아침이 오려면 아직 멀었다. 시곗바늘이 똑딱똑딱 움직이는 소리를 한 걸음씩 따라가다가 잠이 들었다.

아침에 일어나니 세상이 하얗다. 하얀 아침, 4학년 2학기 겨울처럼 늦잠을 자고 일어난 내게 어머니가 배춧국을 끓여 주신다. 그때도 늦잠을 자고 일어나면 집에는 아무도 없고 방 귀퉁이의 오봉 밥상에 어머니가 끓여 둔 배춧국과 무말랭이 한 종지가 있었다. 밥은 이불 속을 더듬어 보면 있었다. 식은 배춧국에다 이불 속 온기를 잃지 않은 밥을 말면 아주 뜨겁지는 않아도 겨울 추위를 잊기에 충분했다. 고등학교에 다니던 누나는 공부한다고 나가고, 형은 아침부터 친구들과 농구를 하러 나갔나 보다. 나는 배춧국에 밥을 두 번 나눠서 말아 먹었다. 한 번은 아침, 또 한 번은 새참이었다.

그렇게 어머니는 늘 말없이 날 덮혀 주셨다. 곁에 같이 누워도, 배춧국을 끓여 놓고 먼저 나가셔도 말이다. 그 국에 밥을 말아 먹고 나는 종일 만화를 그리고 방학 숙제를 하면서 긴 겨울 하루를 보냈다. 겨울은 길고 지루하지만, 아주 떠나지는 말고 이대로 오래 옆에 있어 주면 좋겠다. 가끔은 봄이 오는 게 싫다.

구운 김

김은 흔하면서 귀하다. 반찬용으로 구운 김은 흔해 빠졌고 번들거리는 포장을 뜯으면 3분의 2는 누가 훔쳐 간 것 같다. 한때는 김이 10장이 들어 있었는데 요즘에는 겨우 여섯 장 있다. 가로세로 5밀리미터쯤 크기도 줄어든 것 같다. 화가 나서 김을 반찬에서 빼 버리고 무시하고 싶지만 사실 구운 김에게 화풀이할 문제는 아니다. 왜냐하면 김은 맛있기 때문이다. 특히 밥 먹을 때를 놓치고 허기질 때 찬밥에 김을 싸서 먹으면 다른 반찬이 필요 없다. 아니, 다른 반찬을 꺼내지 않고 김에만 밥을 싸 먹어야 오히려 맛이 더 좋다. 김에다 밥을 싸서 오물거리며 인터넷 뉴스를 보는 맛이 괜찮다.

요즘은 구운 김이 공장에서 포장되어 나오지만 옛날에 내 어머니는 오랫동안 김을 집에서 직접 구웠다. 석유곤로에 약 1센티미터쯤 나오게 불 높이를 조절한다. 들기름 바른 김을 오른쪽으로 한 번, 왼쪽으로 한번 불 위로 살짝 지나가게 하면 김이 구워진다. 거기에 소금을 술술 뿌리면 된다. 구운 김의 맛은 들기름이 좌우한다. 들기름이 부족하거나 아껴야 할 때는 고기를 먹다가 따로 남겨 둔 돼지 비계를 썼다. 이 기름을 써서 김을 구우면 돼지 냄새가 났다. 돼지비계 기름에 계란프라이를 할 때만큼의 역한 냄새는 아니지만 아무튼 냄새가 좋지 못했다. 나는 김이 나오면 좋아하다가도 돼지 냄새가 나면 얼굴이 찡그려졌다.

비계 기름이든 들기름이든 때로는 고급진 참기름에 굽든, 김은 최고의 반찬이다. 반찬으로 김이 나오는 날은 평소보다 더 밥을 많이 먹었다. 8~9살 무렵에 나는 반찬으로 김이 나오면 한 움큼 집어서 밥그릇 밑에 두고 한 장씩 아껴서 먹었다. 내 것이라고 찜하는 셈이다.

미국에 있을 무렵, 언젠가 집에 구운 김이 하나도 없었다. 몹시 먹고 싶었다. 김밥용으로 사 두었던 김이 있어서 어릴 적에 어머니가 굽던 방식으로 구워 보기로 했다. 들기름이 없으니 대신에 참기름을 발랐다. 미국이라 들기름을 살 생각을 해 본 적이 없었고 대신 참기름은 무척 쌌다. 곤로불 대신 가스 불을 켜려고 했더니 인버터 방식이라 불꽃 자체가 없었다. 한참 인버터 바닥을 달구고 손만 스쳐도 데일 것 같은 온도가 되었을 때 나도 어머니처럼 해 보았다. 왼쪽에서 오른쪽으로 한 번, 오른쪽에서 왼쪽으로 한 번 스치듯 김을 불 위로 지나가게 했다. 더 이상 스치면 반칙 경고라도 받을까 싶어 경건한 자세로 딱 두 번만 스치게 했다.

결과는 실패였다. 우선 어머니의 김은 구워도 종잇장처럼 판판했는데 내가 구운 김은 꼬부라졌다. 맛소금을 뿌리기도 쉽지 않았다. 왼손에 한 움큼 소금을 부은 후 오른손 엄지와 검지로 집어 비비면 제법 고르게 떨어진다. 처음엔 모양이 영 아니었지만 그래도 가로세로 25센티미터쯤 되는 김을 세 번씩 잘라서 통에 넣으니 제법 모양이 나왔다.

이제 내가 몸소 구운 김을 먹는 경건하고 즐거운 행사가 남았다. 찬밥을 냉장고에서 꺼내 늘 하듯이 전자레인지로 데우려다 멈췄다. 전기밥솥이 없던 어릴 때처럼 그냥 먹어 보고 싶었다. 아주 살짝만 데워 밥을 미지근하게 만든 후 금방 구운 김 한 장씩 꺼내 밥을 위에 얹었다. 자, 다 준비되었다. 이제 즐기기만 하면 된다!

바로 그때 생각이 났다. 어린 시절 내 어머니가 김을 먹던 기억이 하나도 나질 않았다. 한 번도 본 기억이 없었다. 어머니는 다른 식구들 먹으라고 구운 김에 손도 대지 않았던 것이다. 난생 처음 김을 구워 본 내 입속에는 미지근한 밥과 구운 김과 솔솔 뿌린 맛소금의 맛이 멋지게 뒤섞였다. 하지만 우물거리다 밥을 삼킨 것이 먼저인지 눈물이 떨어진 것이 먼저인지는 모르겠다.

어머니는 아직 정정하게 살아 계시고 사는 형편이 어렵지도 않다. 오히려 넉넉한 살림인데 구운 김은 슬프다. 아주 먼 훗날에 어머니가 보고 싶으면 난 어머니를 그리며 김을 구울 것이다.

김밥

친구가 생일이라고 초대했다. 처음 초대받은 생일잔치였다. 6학년 때였다. 바쁜 부모님한테서 생일상을 받아 본 기억은 없다. 반장 같은 친구들은 생일잔치를 했지만 그런 초대를 받은 적도 없어서 신기했다.

친구 집은 부엌을 통해 들어가는 단칸방이었다. 친구의 누나 둘과 동생은 우릴 위해서 자리를 비켜 줬다. 밥상 가득 김밥과 사이다가 놓였다. 우리 미친 듯이 김밥을 먹고 사이다를 마셨다. 그런데 친구는 김밥을 한 개도 먹지 않았다. 매일 김밥을 먹는다며 고개를 돌렸다. 내 친구가 매일 먹던 아침은 그의 어머니가 매일 새벽에 김밥을 싸고 남은 꼬다리였던 것이다.

친구의 어머니는 '도시락 아줌마'였다. 내 친구가 초등 3학년일 때 아버지가 돌아가셨고, 4남매를 키우던 친구 어머니는 매일 새벽에 일어나 김밥을 싸고 수십 개의 양은 도시락에 담아 을지로의 회사 사무실로 배달을 다녔다. 오후에는 빈 도시락을 다시 수거하러 건물의 계단을 오르내렸다. 회사원들이 시키는 배달 음식은 중국집의 짜장면 아니면 도시락 아줌마들이 양팔이 떨어지도록, 무릎이 후들거리도록 이고 지고 층마다 오르내리며 갖다주던 김밥이었다. 양은 도시락 하나가 500그램이라고 치면 4남매를 혼자 키우던 내 친구의 어머니는 매일 30킬로그램이 넘는 무거운 도시락을 머리에 이고 양팔로 들어 엘리베이터도 없는 건물의 계단을 오르내린 것이다.

요즘 나는 귀찮아서 점심을 나가서 먹지 않는다. 라면도 먹고, 김밥도 사 먹고, 삼립 빵도 사 먹는다. 오늘 연구실의 냉장고를 열어 보니 지난주 금요일 교수회의 때 나눠 준 배달 도시락을 배가 불러 먹지 않고 넣어 둔 것이 있었다. 그걸 먹었다.

언제가 몇 년에 한 번 만나는 그 친구를 만나 술을 마시다 어머니의 근황을 물었다. 아직 건강하시다고 했다. 내 친구 4남매는 다들 열심히 자라서 지금 큰 어려움 없이 살고 있다.

　오늘 내가 연구실에서 혼자 먹은 도시락은 흔해 빠진 프랜차이즈 도시락이지만 이 정도면 아주 화려하다. 나는 오늘 친구의 어머니가 만들어 준 생일상의 김밥을 먹는 기분으로 도시락을 먹었다. 도시락과 같이 포장된 된장국을 마시면서 나는 친구 어머니의 눈물도 함께 마셨다. 어머니들은 위대하다.

수두

일주일을 심하게 앓았다. 어쩐 일인지 내 어깨에는 수두 예방 주사를 맞은 흔적이 없다. 어깨에 흉측하게 솟아오른 주사 자국이 없다. 대신 5학년 2학기 때 언젠가 맞이할 순간이 결국 왔다.

수두는 어쩌다 걸리는 감기 몸살이나 배앓이하고는 달랐다. 난 의외로 깡질이라 웬만큼 아프면 학교를 빠지고 며칠을 앓고선 바로 나았다. 아프면 늘 이불속에 들어가 엎드려 만화를 그리며 놀았다. 그러다 보면 어느새 다 낫곤 했다. 그런데 이번엔 정말 연필을 쥘 힘도 없었다. 누워서 만화영화를 봐도 몇 분 지나지 않아 금방 잠이 들고 말았다. 가루약을 입에 털고 물을 마시면 약을 넘기질 못하고 바로 토했다. 절반은 넘어가고 절반은 뱉었으므로 약기운이 오래 가질 않아 더 오래 앓았다. 3일을 넘게 앓으며 밥을 제대로 안 먹으니 꿈에 헛것이 보였다. 헛것을 보고 나면 등이 땀으로 흠뻑 젖었다.

일주일 내내 결석을 하자 선생님과 부반장이 문병을 왔다. 부반장 한혜경은 바나나를 한 개 가지고 왔다. 그 시절에 바나나를 한 알도 팔았던 걸까? 아니면 잘살던 부반장이 집에서 먹던 것을 가져온 걸까? 어머니는 내가 앓으면 평소에는 못 먹던 복숭아 통조림을 줬다. 목이 아주 마르면 통조림에 입을 대고 복숭아 물을 마셨지만 정작 먹고 싶은 복숭아가 잘 넘어가질 않았다. 처음 먹는 바나나의 맛은 놀라웠지만 절반도 못 먹었다. 어머니는 형 주려고 바나나 절반을 잘라서 남겼다.

5일쯤 지나도 여전히 기운이 없었다. 어머니는 시장에서 장사를 할 시간에 내 곁을 지켰다. 며칠 내내 방구석에서 기운 없이 누워만 있는 게 딱했는지 날 업고 동네 마실을 나갔다. 시장 옆에 살았으므로 동네 마실이라 해 봐야 겨우 몇십 미터 떨어진 시장 구경이었다. 추석은 지났는지 밤공기가 찼다. 불을 켠 자동차가 많이 지나다니는 시장 앞이지만 그날 밤하늘은 몹시 높고 어두웠다.

　시장 앞에서 누군가 카바이트 불을 켜고 중고 만화책을 널어놓고 팔고 있었다. 평소에 만화책을 산 적이 없었지만 그날은 싸서 그랬는지 한 권을 샀다. 뜬금없이 동양의 소년이 부모도 없이 서부를 헤매면서 총잡이를 하는 이야기였다. 아마 일본 만화를 조악하게 복사하고 번역한 책이었을 것이다. 만화를 미치듯이 좋아했지만 그날은 만화책을 제대로 못 봤다. 만화책을 보기에도 힘겨울 만큼 앓았나 보다.

　결국 오른쪽 눈가에 곰보 자국이 한 개 남았다. 손으로 만지면 편편한 다른 피부와 달리 쏙 들어간 부분이 있다. 가끔 꼬집어 본다. 살면서 크고 작은 병치레를 하기 마련이고 때론 아팠던 일이 오래 기억된다. 내게 그 기억은 따뜻하다. 설거지를 하다 들어와 내 이마를 짚던 어머니의 서늘한 손, 옆에서 가엾게 쳐다보던 할머니의 눈빛이 떠오른다. 누군가가 나를 아껴 주고 있다는 느낌은 아팠던 기억을 따뜻하게 만든다. 지금도 가끔 눈자위의 곰보 자국을 만지는 건 아마도 그 기억들이 사라지지 말라고 붙잡고 싶어서가 아닌가 싶다.

기억은 늘 조금씩 사라져 가지만 어디선가 온기를 품고 숨어 있다. 차갑고 따뜻한 어린 시절의 기억은 가을이 오면 차가운 밤공기와 함께 온기를 머금고 슬그머니 찾아온다.

새벽, 삼양라면

서울로 이사 온 후 몇 년간 할머니와 서울로 유학 온 고등학생 이모까지 여섯 명이 작은 방 두 개가 있는 작은 집에 살았다. 새벽에 이모가 세수하고 교복을 입는 동안 어머니는 라면을 끓였다. 여섯 살이었던 나는 옆에 부비고 자던 엄마가 이불에서 없어지면 금방 알아차렸다. 다른 식구들은 모두 아직 자고 있어도 나는 혼자 일어나 낑낑거리며 부엌을 기웃거렸다.

그 시간은 매일 일정했다. 눈을 부비면 대문을 열고 나가는 이모의 옷 뒷자락이 보였다. "일났나?" 하시고 어머니는 다시 아침 준비를 시작했다. 나는 이모가 다 먹지 않고 몇 가락 남기고 간 라면을 먹었다. 석유난로에 석유 타

던 냄새가 아직 가시지 않았다. 나는 그 옆에서 엄마가 아침을 짓느라 일하는 걸 구경하며 라면 가락을 집었다.

　뱃구레가 작아서 이모가 남긴 라면만으로도 포만감이 들었는지 나는 커다란 숟갈로 라면 국물을 몇 번 떠먹다 다시 까무룩 잠이 들곤 했다. 식구들은 아침을 다 먹을 때까지 아직 학교 갈 나이가 되지 않은 날 깨우지 않았다. 식구들이 모두 나가고 아침 햇살이 방 안을 가득 채울 때까지 쌔근거리고 자던 나는 할머니가 내 머리를 쓰다듬는 툭툭한 손가락의 감촉에 그제야 일어나곤 했다.

이모가 남긴 라면 가락을 먹던 나와 새벽에 밥을 짓던 엄마는 말 없는 대화를 했나 보다. 나는 형이나 누나에겐 이모의 라면을 혼자 먹는다는 사실을 알려 주지 않았다. 엄마도 형이나 누나에게 말하지 않았다. 새벽의 비밀을 둘이만 나눠서일까? 나는 살면서 한 번도 어머니에게 혼이 나거나 꾸중을 들은 적이 없다.

　며칠 전 아직 중학생인 딸에게 삼양라면을 끓여 주었더니 다 먹지 않고 조금 남겼다. 나는 새로 젓가락을 꺼내지 않고 딸이 쓰던 젓가락으로 남은 라면 가락을 휘휘 저으며 집어먹었다. 어릴 때 부엌에서 먹던 삼양라면 맛이 났다. '파 송송! 계란 탁!'이 아니다. 내게는 양은 냄비에 남은 몇 가락을 젓가락으로 휘휘 저으며 건져 먹어야 비로소 새벽의 삼양라면이다.

수제비

수제비가 먹고 싶다. 감자, 호박, 마늘, 파가 들어가고 멸치로만 국물을 낸 수제비. 고기가 들어가지 않아 담백하고 소박한 수제비가 먹고 싶다.

누나는 수제비를 잘 끓였다. 시장에서 장사하는 어머니 대신 누나는 초등학교 5학년 때부터 밥을 할 줄 알았다. 간식거리라고는 없던 시절, 시장에서 장사하는 부모님이 돌아오기 전인 늦은 오후 때면 누나는 간식 대신 수제비를 만들었다.

색종이처럼 네모반듯 칼로 예쁘게 자른 게 아니라 너벅너벅 떼어 낸 밀가루 반죽. 누나가 손 반죽을 떼는 동안 나는 젓가락으로 수제비 조각끼리 붙여 놓고 누가 신랑

236

각시인지 맞춰 보는 놀이도 했다. 한 그릇을 다 먹고 더 달라고 하면 누나는 저녁을 먹어야 하니 수제비를 많이 먹지 말라고 했다. 시무룩한 표정으로 남은 국물을 아껴 먹던 수제비. 그러고 나면 누나는 친구와 같이 숙제한다고 나갔다.

그릇을 치우고 난 밥상 모서리에는 늘 수제비 한 조각이 붙어 있었다. 맛있다고 정신없이 먹다가 떨어졌나 보다. 조금 전까지 인절미처럼 쫄깃거렸지만 이제는 설 지난 후의 가래떡처럼 딱딱하게 굳어 버린 수제비 조각. 그걸 밥상에서 떼면 마치 지문이 묻은 것 같은 작은 부스러기가 남았다. 떨어진 수제비를 손가락으로 만지고 놀았다.

오늘은 장사가 잘되나 보다. 늦게까지 엄마와 아버지가 오지 않는다. 친구 집에 숙제하러 간 누나도, 친구들과 노는 형도 오지 않는다. 집은 어두워지고 키가 작은 내 팔이 닿지 않아서 천장의 백열등을 켤 수 없다. 나는 담 위에 비치던 햇빛을 쳐다본다. 그 볕도 점점 줄어서 가지고 놀던 수제비 조각만큼 작아진다. 누리끼리해진 수제비와 아직도 하얀 햇볕의 그림자를 번갈아 보다가 잠이 들었다.

따뜻하게 얼굴을 비치는 백열등의 온기에 잠을 깼다. 늦게 들어온 엄마가 말했다.

"수제비 먹었나? 그거 먹어서 배고프지? 밥 먹자."

나는 괜히 심통이 나서 울고 말았다.

"밥 안 먹어! 또 수제비 먹을 거야!"

음석은 쪼매 버리더라도 남는 기 낫데이

규철이가 아프다. 얼굴이 조금 노랗다. 자리에 누운 시어머니. 늦게 학교에 입학해서 아침에 부지런히 데려다주고 데리고 와야 하는 막내 정식이, 가게에서 장사까지 하느라 장남인 규철이는 신경을 쓰지 못했다. 학교에 가면 잘 있겠지 했고, 밥을 먹고 나면 알아서 친구들과 놀다가 들어오는가 보다 했다. 딱히 관심을 준 적이 없었다. 오히려 막내 혼자 집에서 맨날 심심하게 논다고, 가끔 동생하고 놀아 주라고 당부만 했다.

시골에서 밥만 주고 아무런 관심도 주지 않는 누렁이처럼 규철이는 그냥 내버려뒀다. 누렁이도 비가 오면 오들오들 떠는데 말이다. 노리끼리한 규철이의 얼굴을 보니 순임 씨의 마음이 덜컥 내려앉았다.

명구 씨가 가게 문을 열면 아침부터 밤까지 순임 씨가 가게를 지키고 명구 씨는 다른 일을 알아보러 다녔다. 순임 씨는 오늘 명구 씨에게 가게를 보라고 당부했다. 그리고 규철이가 학교에서 돌아오자마자 서둘러 삼거리의 '김소아과'에 데리고 갔다. 이북 사투리가 아직 살아 있는 소아과 김 원장이 말했다.

"황달 같습니다."

순임 씨는 마음이 덜컥했다.

"어린 아가 와 황달이 걸립니꺼?"

'애들이 한참 클 때 영양이 부족하면 그런 일이 있어요. 잘 먹어야 낫습니다.' 이렇게 말하려던 김 원장은 아차 싶었다. 남루하고 가난한 티가 나는 순임 씨를 여러 번 보았기에 자신의 말이 상처를 줄까 싶었다. 입으로 나오던 말을 순식간에 도로 집어넣은 김 원장은 말을 바꿨다.

"애가 편식을 좀 하지요? 골고루 많이 먹이세요. 특히 고기를 잘 먹여야 합니다."

'고기는 비싸서 못 사 줍니더.'

순임 씨는 속상하기보다는 고기를 어떻게 사 먹여야 할지 걱정이 더 들었다. 걱정하면서 돈을 꺼낸다.

"오늘 제가 정신이 없어요. 환자가 많아서. 다음에 내세
요."

김 원장은 돈을 받지 않았다.

"그래도, 어째……."

"오늘은 간호원이 잔돈을 바꾸어 두는 것도 잊었다고
합니다. 다음에 내시고 오늘은 그 돈으로 규철이 맛있는
거나 좀 사 주시고요."

김 원장은 자기가 순간적으로 말을 잘 만들어 낸다고

생각했다.

'이북 출신들은 돈이라면 억척같다고 하던데 김소아과 원장님은 좀 다르시네.'

순임 씨는 규철이의 손을 잡고 병원 계단을 내려가며 생각했다. 김 원장이 일부러 돈을 안 받는 걸 순임 씨도 알고 있었다.

명구 씨는 월미도에 갈 일이 생겼다. 인천에서 작은 제약회사를 차린 친구가 잘하면 같이 일할 게 생길 것 같다고 연락이 왔다. 명구 씨는 집을 나서는데 규철이가 잘 다녀오시라고 인사를 했다. 애가 삐쭉했다. 엊그제 규철이를 데리고 병원에 다녀온 순임 씨에게 들은 말이 생각났다. 잘 먹이라고.

"너도 가자."

생전 애들을 데리고 어딜 간 적이 없는 명구 씨였다. 알아서 친구들과 나가서 놀던 규철이는 아버지를 어려워하면서도 따라나섰다.

횟집. 명구 씨는 생선회를 좋아했다. 바다 구경도 할 수 없는 산골 김천에는 생선이라고는 자반고등어나, 조기 말린 것이 전부였다. 냉장 시설이 없던 그 시절에 싱싱한 생선회는 구경도 할 수 없었다. 명구 씨는 규철이에게 회를 좀 사 주기로 마음먹었다.

규철이는 아주 잘 먹었다. 겨우 10살 규철이가 처음 먹는 회를 저렇게 잘 먹을 줄 몰랐다. 처음 온 월미도에서 먹는 회의 맛이 좋았지만, 규철이가 더 먹으라고 명구 씨는 몇 번 손도 안 대고 젓가락을 놓았다.

"아부지. 이거 좀 더 먹으면 안 돼요?"

며칠째 황달로 노리끼리하던 규철이 얼굴이 생선회의 살처럼 희게 느껴졌다. 더 사 주면 더 희어질 것 같았다. 명구 씨의 머릿속에서 주머니에 얼마가 들었는지 빠르게 계산이 돌아갔다. 지갑을 따로 들고 다니지 않아서 주머니에 손을 넣으면 대충 돈이 잡혔다. 손으로 느껴지는 걸로는 아무리 생각해도 돌아갈 차비밖에 없었다.

"규철아, 더 먹고 싶나?"

"예."

"그런데……."

명구 씨는 말을 일부러 천천히 하며 핑계를 생각해 냈다.

"아부지가 지금 나가야 된다. 아부지 거래처 아저씨를 만날라모 인제 인나야 된다."

"……."

"우리 다음에 또 와서…… 그때 묵자."

나중에 돈을 좀 벌게 된 명구 씨는 누구와 밥을 먹어도 사람 숫자대로 음식을 시키는 법이 없었다. 세 명이면 4인분을, 네 명이면 5~6인분을 시켰다. 식당에 가서 음식을 시킬 때만 되면 월미도에서 규철이에게 회를 한 접시 더 시켜 주지 못했던 순간이 떠올랐던 것이다.

순임 씨는 오늘도 명절 음식을 한껏 만든다. 차례를 마치면 아들과 딸들 집마다 세 끼를 먹어도 남을 양의 음식을 싸 준다.

순임 씨의 마음과 달리 음식을 하기 전날과 명절 당일에 배터지게 먹은 자식들은 명절음식을 또 먹고 싶지 않다. 부침개를 하도 좋아해서 '부침개 귀신'이라는 미옥이도 순임 씨에게 손이 너무 크다고 담에는 조금만 음식을 적게 하자고 한다. 정식이도 순임 씨의 마음이 상하지 않게, 음식 많이 하면 힘들다고 조금만 줄이자고 조심스레 말한다. 규철이는 억지로 먹기 힘들다고, 그만 좀 적게 하라고 타박이다.

그래도 순임 씨는 못 들은 척하며 속으로 혼잣말을

한다.

'음석은 쪼매 버리더라도 남는 기 낫데이. 너그들이 아무리 뭐라케도 난 음석 실컷 할 끼다.'

한국에 돌아온 후, 부모님 뵈러 본가를 들르면 가끔 동네 냉면집을 갔다. 이북 출신 실향민이 하는 아주 오래된 냉면집이다. 거기서 수십 년 만에 김소아과 원장님을 만났다. 김소아과 원장님도 이북에서 내려온 분이라 매일 냉면을 드신다고 한다. 늘 인사만 하고 타이밍을 놓치던 나는 벼르고 벼르다 그분보다 먼저 식사를 마쳤을 때 그분의 음식값을 계산했다. 고마움을 달리 표현할 길이 없었기에.

몇 달 후, 또 냉면집에서 그분을 만났다.
"지난번에 냉면 잘 먹었구나. 형은 건강하니?"
놀랍게도 그분은 40년 전의 내 형을 기억하셨다.
가끔 지나는 길에 금호동 삼거리의 김소아과 간판이 있던 건물을 보곤 한다. 김소아과가 있던 자리엔 내 고등학교 동창이 차린 피부과가 들어섰다. 병원을 그만둔 김 원장님은 지금 구순에 가까운 연세가 됐을 것이다. 지금은 양로원에 계신다는 소식을 들은 적이 있다.

김소아과 원장님의 성함은 '김수한'이다. 오래전에 돌아가신 '김수환' 추기경과 닮았다. 인상도, 마음씨도.

변두리 찬스

94년까지 살던 금호동 집 반지하에 구두 공장이 있었다. 50대 아저씨 다섯 명이 일하던 그 공장에서는 늘 본드 냄새가 나고 망치 소리가 퉁퉁거렸다. 가끔 집에서 책을 읽거나 누워 있으면 내 방 바로 아래 지하실에서 망치 소리와 본드 냄새가 라디오 소리와 섞여서 올라왔다.

아버지는 월세를 올리면 기존의 세입자가 나가고 새로 들어오고 하는 과정을 귀찮아했다. 똑같이 가내 수공업 공장을 하는 입장이라 그랬는지 월세를 다른 데보다 조금 적게 받았다. 빚을 내 산 집이라 월세를 조금이라도 더 받는 게 어떠냐고 어머니는 불만을 가졌지만 그래도 이해하고 넘어갔다. 구두 공장 아저씨는 그게 고마웠는지 가끔 우리 식구에게 구두를 싸게 주었다. 두 켤레 2만 원. 거기서 만들던 신발은 무려 금강제화에 납품하던 제품이었다. 백화점에 가면 한 켤레 10만 원 받는 신을 거의 거저 준 셈이었다. 나는 학교에서 금강제화를 신고 다니는 친구들을 보면 "아, 나는 저거 두 켤레에 2만 원인데……." 하면서 내심 흐뭇해했다.

중학교를 마치지 못한 구두 공장 아저씨는 나중에 지방자치제가 시작되면서 그동안 무시받던 설움을 보상받고 싶었는지 구의회 의원에 출마했다. 그리고 조그만 구두 공장 하면서 모은 돈을 선거할 때 다 뿌렸다. 그 시절은 어떻게든 돈을 뿌려야 당선이 되던 때였다. 조그만 동네라도 구의원이 되면 뭐가 생기는지, 아저씨는 구의원이 된 후 목에 힘을 주고 다녔다. 저러다 목이 부러질까 걱정될 지경이었다.

두 번째 구의원 선거에 나온 아저씨는 그동안 모은 돈을 다 까먹었는지 전처럼 선거에 돈을 뿌리지 못했다. 결국 두 번째 선거는 낙선. 게다가 낙선 후 얼마 안 돼서 사기죄로 감옥을 갔다. 우리 집 반지하에서 하던 구두 공장은 문을 닫았다. 이제 구두를 제값 주고 사야 하는 내 형은 무척 아쉬워했다.

나는 발이 아주 작아서 성인 남자의 신이 잘 안 맞는다. 그래서 대학 때도 주구장창 운동화만 신었고 구두 공장에서 주는 신도 신을 수가 없어서 늘 아쉬웠다. 그러던 어느 날 구두 공장 아저씨가 모처럼 작게 나온 신을 주었다. 금강제화 버팔로. 난 아주 신나게 신었다.

구두 공장 아저씨는 사람마다 맞는 신을 잘 만들었지만 정작 본인은 맞지 않는 신을 찾았다. 초등학교만 마치고 늘 쭈그리고 앉아 구두를 만들던 그분에게 금호동의 작은 구두 공장은 구의원이라도 해 보고 싶었던 마음을 채울 수 있었던 찬스였고, 그 집의 신발은 변두리에서 살면서 고급 구두를 싸게 신어볼 수 있었던 우리의 찬스였다.

나는 얼마 후 금강제화 버팔로 구두를 어디선가 잃어버렸다. 운동화와 구두가 다 있을 때는 무슨 옷을 맞춰 입어야 하나 고민하는 순간이 있는데, 다시 운동화로 돌아가니 마음이 편해졌다. 가끔 학교를 마치고 귀가할 때면 해 질 무렵 직원들과 마당에 나와서 담배를 피우던 구두 공장 아저씨의 여유롭던 표정을 만났다. 그때가 구두 공장 아저씨의 전성기였을 것이다.

삼류 극장

지금은 없어졌지만 금호동에는 서울에서 최대 규모인 대한극장만큼 큰 현대극장이 있었다. 금호동에는 70년대 초에 지방에서 상경한 사람들이 아주 많이 모여 살아서, 현대극장은 변두리 극장이지만 규모가 컸다. 나중에 이 극장에서 연예인들이 '리사이틀'이라는 정체불명의 이름을 붙이고 라이브 공연을 자주 했다. 신영균이라는 원로 배우가 극장주였다고 하는데 아마도 그의 연줄이었던 것 같다.

이 극장은 애초 입장권이 싼 재개봉관이지만 더 싸게 영화를 볼 수 있었다. 동네 떡볶이 가게에서 초대권이라고 불리는 할인 입장권을 살 수 있었는데, 이 가격은 정상 가격의 3분의 1이었다. 개봉관 기준으로 보면 6분의 1인

셈이다. 새로 걸린 영화가 한 주 동안 상영된 후 마지막 날에만 이 표로 입장이 가능했다. 현대극장은 항상 두 개의 재개봉 영화를 보여 주었다.

재개봉 영화도 급이 있었다. 일류 극장에서 상영을 마친 영화는 동대문의 계림극장에서 틀었다. 여기까지는 영화가 잘리지 않고 아직 필름 상태가 좋다. 현대극장은 사실상 '재재개봉관'이었다. 여러 번 상영하느라 필름이 낡아져서 영화가 중간에 자주 잘렸다. 보통 몇 초간 영화가 잘리지만 내용을 추리해야 할 정도로 많이 잘리기도 했다.

'재재개봉관'인 현대극장은 비교적 최신 영화와 무협 영화 혹은 에로 영화를 깍두기로 보여 주었다. 무협과 에로는 언제나 사람들이 즐기는 장르였고, 영화의 수준과 관계없이 볼 만했기 때문이다. 문제는 깍두기로 틀어 주는 에로 영화가 재재개봉하는 영화보다 더 오래된 재재재재재개봉 영화라서 잘리는 길이가 상상을 초월한다는 점이었다. 한 시간 반짜리 영화가 중간에 20분 정도 잘리는 것은 애교 수준이었다. 장미희가 나오는 「겨울 여자」는 남녀 주인공이 어떻게 만났는지 도저히 알 수가 없었다. 다만 두 사람은 '에로'에 몰두할 뿐이었다. 필름이 잘렸으니 배우들이 에로에 몰두하는 이유도 알 수 없었다. 문예 영화가 에로 영화로 변하는 건 이처럼 한순간이었다.

변두리 극장이다 보니 대체로 관리가 허술해서 중학생들도 대충 성인 영화를 보러 들어갈 수 있었다. 우린 일부러 컴컴한 극장 구석에 앉았는데 머리가 굵은 친구는 담배를 피웠다. 나도 한 모금씩 담배를 얻어 피웠다. 중학교 때부터는 가끔 한밤중에 몰래 나가 현대극장에서 영화를 보곤 했다. 현대극장은 문화가 결핍된 시대에 살았던 변두리 청소년들의 끓는 청춘을 달래 주던 곳이었다.

절정은 고등학교 졸업하던 해 겨울이었다. 대입 시험을 보고 난 후, 한 달 내내 저녁마다 현대극장에 가서 두 편씩 영화를 보고 맥주 한잔 마시고 귀가하곤 했다. 전국의 극장을 돌고 돌아 엉망이 된 필름 때문에 영화의 20프로는 잘리는 상황이지만 그래도 나름 유명한 영화들을 여기서 보았다. 「원스 어폰 어 타임 인 아메리카」도 여기서 봤고 이기선이 나오는 호러 영화 「깊은 밤, 갑자기」도 전국을 몇 년 돈 후 이 극장에 안착한 필름으로 보았다. 말하자면 현대극장은 '시네마 천국'이었고 나는 청소년 '토토'였다.

삼류 영화는 감독의 개성, 고집, 철학이 가장 잘 반영된다. 나는 구성이 뻔하고 결말이 대충 예상되는 할리우드 영화를 이제 보지 않는다. 어쩔 수 없이 보게 되더라도 졸게 된다. 여러 명이 집단으로 시나리오도 만들고 마케팅 회사가 관객이 원하는 걸 조사해서 거기에 맞춰 영화를 각색하는 할리우드 영화는 짜깁기를 아주 잘한 머리 좋은 학생들의 표절 논문 같다. 그런 영화는 늘 B학점이다. A학점도 없고 C학점도 없다. 읽는 사람만 피곤하고 종이만 낭비하는 인쇄물과 비슷하다.

삼류 극장에서 성장한 우리들의 기억은 누구의 표절도 흉내도 아니다. 각자가 간직한 깊고 흥미로운 기억의 파노라마일 뿐이다. 하룻저녁에 성룡의 「취권」과 「겨울 여자」를 모두 보고 나면 너무 늙은 신성일이 장미희와 키스를 하는 게 끔찍해서 신성일 대신 성룡이면 어땠을까 하는 생각이 슬그머니 들었다. 나중에 보니 성룡이 한국 여배우 정윤희를 짝사랑했다고 하지 않는가?

비공식적인 기록에 따르면 현대극장은 817석의 대형극장이었다. 1968년 5월 15일에 개관해 94년에 폐관했다.

'얼음'이 아니고 '어름'

냉장고에서 얼음을 꺼내 오미자차와 탄산수를 섞어서 아이스 오미자차를 만들었다. 탄산이 톡 쏘는 오미자차를 마시면 콜라나 사이다를 마신 것처럼 속이 후련하다. 난 탄산수를 몹시 즐기는데 그놈의 백세 건강, 장수 귀신에 빠진 사람들의 아우성 탓에 탄산음료를 마시는 걸 조금 자제하고자 오미자 탄산수를 만든다. 줄여서 오탄. 오탄을 한숨에 들이키면 얼음 조각이 남는다. 얼음 조각을 아작아작 씹으면 부서진 조각의 냉기가 날 오래전으로 송환한다.

냉장고가 없는 집이 더 많은 시절이었다. 여름에 얼음을 먹는다는 건 수박화채를 만들어 먹는다는 뜻이었다.

수박을 그냥 쪼개서 먹으면 본래의 단맛을 즐길 수 있지만, 귀한 수박을 그렇게 낭비할 수는 없었다. 수박의 속이 파래지는 곳까지 긁어서 설탕을 뿌려 먹으면 더 많은 식구들에게 수박이 돌아갔다.

차가운 수돗물에 수박을 담갔다 먹으면 제법 시원해지지만, 빨리 차갑게 먹으려면 얼음을 조각내서 수박화채를 만들면 되었다. 그러려면 얼음이 필요한데 집에는 냉장고가 없고 대신 동네 시장에 얼음을 파는 가게가 있었다. 심부름이라면 질색을 하는 형이지만 이때는 달랐다. 수박화채를 먹겠다는 일념에 단숨에 시장을 다녀왔다.

얼음 가게 간판에는 베니어 나무에 매직펜으로 삐뚤빼뚤 '어름가게'라고 쓰여 있었다. 가게 안은 겨울로 돌아간 것처럼 시원했다. 얼음 가게 아저씨가 맞춤법을 정확히 알 만큼 공부를 오래 했을 리는 없었다. 아니면 내가 모르는 사이에 '어름'이 얼음보다 더 시원하다고 모두 약속을 했는지도 모른다. 아무튼 얼음보다 어름이 몇 배는 더 시원했다. 사육면체의 커다란 얼음을 팔로 한아름 끌어안을 때 가슴부터 몸서리치게 시원한 느낌. 반드시 '어름'이라고 인정해줄 때만 그렇다.

형이 가로세로 20센티미터 정도의 얼음을 노끈으로 십

자로 묶어 들고 오면 서둘러 조각내야 했다. 이때 심지가 제법 튼튼한 바늘을 꺼내서 얼음 한가운데를 겨냥하고 커다란 식칼 나무 손잡이로 툭툭 치면 그 단단하던 얼음이 좌악 갈라진다. 수박이 잘 익었나 보려고 삼각형 모양으로 베어 낸 작은 조각은 '어름' 심부름을 한 형 차지였다. 아무도 그걸 불평하지 않았다.

조그만 수박 조각을 자랑스럽게 먹는 형을 보면서 부러울 수도 있지만 나는 화채로 변해 가는 수박에 넋이 나갔다. 커다란 수박을 사선으로 가르고, 조각난 얼음을 얹고, 마지막으로 뉴슈가(설탕 대신 썼던 인공감미료)를 술술 뿌렸다. 그러면 마침내 수박화채가 만들어졌다. 아직 끝나지 않았다. 수박을 건져 먹고 난 후에는 얼음과 남은 시원한 설탕물을 마시는 순간이 온다.

아! 가을이 창문밖에서 쉭쉭 바람을 치는 밤에 나는 오미자 탄산수를 마시다 '어름 화채'를 먹던 어린 시절로 타임 워프를 갔다 왔다. '어름' 덕분에 가을이 온다. 며칠 전 새벽녘 꿈에 등줄기에 소름이 돋게 했던 처녀 귀신처럼.

이발 학원

한동안 남녀 모두 미용실에서 머리를 깎더니 요즘 다시 이발관이 보인다. 고급 이발관들이다. 이름도 '바버샵'이 라고 일부러 영어로 짓고, 이발, 샴푸, 면도 등을 패키지로 묶어서 20만 원쯤 받는 곳도 있다고 한다. 비싸다.

내가 중학교를 다니던 시절은 교복과 까까머리 세대의 가장 끝머리였다. 그 시절 학생들은 이발관이 아니라 이 발 학원에 가서 머리를 싸게 깎았다. 그러니까 우리는 실 습용이었다.

중학생의 까까머리를 깎는 데 이발사의 전문 기술은 별 로 필요 없다. '바리깡'이라고 하는 이발기로 싹싹 밀어 버 리면 된다. 전기 바리깡은 문제가 없으나 손으로 가위질

하며 밀고 나가는 수동 바리깡은 때로 악몽이었다. 이발사의 손놀림이 박자를 놓치면 머리가 바리깡에 끼어서 머리털이 뽑히는 경우가 종종 있었다. 그 아픔이 어느 정도인지 궁금하다면 귀 앞쪽 머리를 약 1센티미터 정도 손으로 잡고 정수리 쪽으로 힘껏 올려 보면 된다. 장난기 심한 친구가 하면 효과가 제대로일 것이다.

이발 학원은 늘 연습용 모르모트가 필요했으므로 학생들을 꾀기 위해 학원 대기석에 만화책을 비치해 두었다. 만화가가 되겠다는 꿈을 가진 나는 만화책을 공짜로 보기 위해 머리털이 뽑히는 아픔에도 불구하고 굳이 이발 학원에 가서 머리를 깎았다.

당시 국내 만화는 그림체가 몹시 조악했다. 난 좋은 그림체의 그림을 보고 싶었는데, 불법으로 외국 만화책을 번역한 책들이 그 학원에 제법 비치되어 있었다. 그때 열심히 본 「스파이더맨」(미국 작가가 쓴 게 아니라 일본작가가 쓴 이상한 조합이었다)의 그림체는 지금도 눈앞에 떠오를 듯 생생하다. 당시의 한국 만화는 인물을 그리는 데에만 신경을 쓰고 배경은 대충 그렸다. 반면 일본 만화는 배경에 나오는 나뭇잎까지 세밀하게 그렸다. 나는 배경을 상세하게 그린 그림체를 보기 위해 아직 때가 되지 않았어도 일부러 이발 학원에 가곤 했다. 교수가 된 지금보다 그때가 더 자료를 고증하는 '직업 정신'이 투철했음에 한 치의 의심도 없다.

만화책 연재물을 보는 데에는 나름대로 질서가 있었다. 다음 권을 친구가 먼저 보고 있으면 기다려야 했다. 간혹 빨리 보는 친구들은 참을성이 없어서 다음 권을 보는 아이의 뒤에 서서 넘겨다보았다. 성질이 더 급한 친구들은 빨리 책장을 넘기라고 외치기도 했다.

창의성이 요구되기도 했다. 1, 2권을 보고 나면 반드시 3권이 없었다. 4, 5, 6권을 보고 나면 마지막 7권인데, 아! 마지막 권은 늘 없다. 십중팔구 누가 훔쳐 간 것이다. 3권에서 빠진 스토리는 4, 5권을 보다 보면 저절로 파악이 되었다. 플롯(구성)에 대한 공부를 그렇게 한 것이다. 그래도 마지막 권이 빠진 경우에는 궁금해 죽을 지경이었다.

내가 열광하던 만화는 「도전자 하리케인」이었다. 원작은 「내일의 죠」라는 일본 만화였다. 이두호 작가가 이걸 적당히 번역하고 스토리 전개상 중요하지 않은 부분을 빼서 자기 이름으로 냈었다. 같은 걸 10번 넘게 읽으며 복싱 선수를 따라 그리던 나는 「소년중앙」의 부록으로 나오던 이 만화의 마지막 권을 구할 수가 없었다. 그걸 친구

집에서 읽은 형에게 결말을 전해 들었을 뿐이다. 내가 궁금했던 건 이야기의 결말이 아니라 주인공 백만리(야부키 죠)의 마지막 경기를 묘사한 그림이었지만 결국 볼 수 없었다.

「도전자 하리케인」의 마지막 권은 무려 26년쯤 지나고 나서 원작으로 볼 수 있었다. 이 만화에서 주인공은 죽는다. 스토리에 푹 빠졌던 중1 때 마지막 권을 보았다면 아마도 절망했을 것이다. 한창 자라는 청소년의 자아기 투영된 주인공의 죽음은 아름답고 여운을 진하게 남기지만, 그 나이에 감당하기엔 시간이 오래 걸린다.

까까머리를 깎다가 머리채를 뽑히는 건 눈물이 줄줄 흐르는 고역이었다. 그래도 만화책을 공짜로 볼 수 있어서 기꺼이 이발 학원에 갔다. 머리를 깎고도 몇 시간씩 앉아 있다 돌아오곤 했다.

엊그제 내가 자란 동네를 우연히 지나갔다. 여러 번 이사 다니면서 내가 살던 곳엔 모두 아파트가 들어섰다. 그래도 금호동 주유소와 그 옆의 이층짜리 건물이 남아 있다. 이발 학원이 있었던 자리다. 주변은 이제 모두 새 아파트들이 들어서 있으니 어쩌면 이때 찍은 사진이 저 건물의 마지막 기록이 아닐까 하는 생각도 든다.

고급 이발관. 나한테는 고급으로 치장하고 비싼 요금을 받는 대신 신간 만화책 리스트를 문자로 보내 주면 혹 방문해 볼 의향이 생길지도 모르겠다.

그대 다시는 그 집에 가지 못하리!

15년을 외국에서 살다 2008년에 한국에 돌아와서 한동안 이상하게 몸이 공중에 떠 있는 것 같은 증세에 시달렸다. 처음엔 고층 아파트에서 사니까 그런가 싶었다. 미국으로 가기 전 늘 주택에 살았고, 미국에서도 낮은 곳에 주로 살 았기 때문이다. 그런데 잘못된 가설이었다. 생각해 보면 하와이에서도 한 4년간 아파트 30층에서 살았고 홍콩에 서도 높은 아파트에서 살았다. 층간 높이도 한국보다 훨 씬 높지만 그땐 공중에 떠 있는 기분이 들지 않았다.

내가 아는 집은 구석구석 기억과 연결되어 있다. 나의 기억은 스무 살을 갓 넘은 시절 부엌에 물을 마시러 냉장 고에 가던 순간으로 돌아간다.

낮에 우리 집 반지하에 있는 공장 일을 도와주는 어머니는 밥때가 되면 부랴부랴 올라와 밥을 짓는다. 마음이 바쁜 어머니가 쌀을 건지다 보면 쌀뜨물이 밖으로 튄다. 밥부터 안치고 행주로 대충 부엌 바닥의 물을 훔치지만 아직 남은 물기가 시원하다. 미숫가루를 만드느라 꺼낸 얼음 조각 하나가 손에서 냉장고 문 아래로 미끄러진다. 문을 열려고 냉장고에 가까이 서니 떨어진 얼음 조각이 발가락에 닿는다.

물을 마신 나는 아무도 없는 고요함을 즐기려 마루의 소파에 눕는다. 한낮의 고요함이 좋아 TV도 켜지 않고 눈에 보이는 천장부터 시작해서 천천히 눈을 옮긴다. 고개를 살짝 돌리면 오래된 천 소파 구석에 먼지가 희미하다. 쿠션 사이로 손을 넣어 보면 머리핀도 하나 잡히고 100원짜리 동전도 하나 잡힌다. 꺼내 보면 동전 이마에 먼지가 매여 있다.

마당으로 나간다. 날이 더우면 어머니는 마당에 물을 뿌린다. 아직 40대인 어머니의 건강하고 탄탄한 어깨에 땀이 송글거린다. 초여름의 아지랑이가 땀에 비쳐 반짝거린다. 현관으로 들어와 마루에 걸터앉아 본다. 현관 구석에 대충 접은 우산이 있고, 신을 벗어 둔 곳에 가끔 내가 닦아 주던 아버지의 구두 귀퉁이가 반들거린다. 아버지는 오늘 아마 낚시를 갔을 것이다.

현관 옆에는 2인용 소파만큼 커다란 개집이 있다. 멍청하지만 순하디 순한 도사견이 날 보고 반가워서 텀벙 덤비려다 털컥 목줄에 막혀 금방이라도 뒤로 넘어질 듯 휘청거린다. 여름 낮, 해가 뜨거운 오후에 잠시 잠들었다 깨면 눈앞에 커다란 도사견도 같이 졸고 있다.

학위를 마치면 바로 돌아올 줄 알았던 한국에 무려 14년 만에 돌아왔다. 이곳에서 얻은 아파트에는 그런 것들이 하나도 남아 있지 않다. 알고 보면 나는 그런 기억의 올을 모아서 촘촘하게 마음속 집을 짓고 있었다. 나는 계속 공중에 떠 있는 것 같은 현기증에 시달렸다. 아직도 그 병은 낫지 않았다.

4년쯤 살았던 안양의 아파트는 달랐다. 우리 아파트 앞뒤에 개발이 시작되지 않은 거리와 시장이 붙어 있었다. 그곳엔 내 역사가 없지만 풍경이 닮았다. 착시에서 오는 편안함 덕에 그곳에 살 때는 집에 돌아온 것 같았다. 수업이 없으면 일찍 귀가도 했다. 오래전의 집으로 잠시 돌아가는 것 같았다. 지금은 수업이 없어도 연구실에서 시간을 많이 보낸다.

나중에 다시 서울로 이사를 했다. 지금 사는 아파트는 나가자마자 앞에 스타벅스 같은 카페가 즐비한 번화가이다. 하지만 한 번도 동네 카페에 간 적이 없다. 4년을 넘게 살고 있지만 동네에서 밥을 먹은 기억이 손에 꼽힌다. 내가 사는 이곳에 통 길들여지지 않는다. 1970년에 부모님과 상경해서 1996년 유학을 떠날 때까지 26년을 금호동에서 살았다. 나의 유년기와 청소년, 그리고 청년기 초반의 기억은 전부 금호동에 있다. 내가 살던 집은 이제 흔적도 없이 사라지고 그 동네도 3분의 1 정도만 예전 모습을 가지고 있지만, 나는 아직도 가끔 꿈에서 그 시절의 금호동을 돌아다닌다.

이문열의 초기 소설 중에 『그대 다시는 고향에 가지 못하리』가 있다. 내 유년의 금호동이 그렇게 다시는 가지 못하는 곳이 되었다.

에필로그

바람처럼 자유롭게

일하던 대학에서 차로 30분만 가면 바다가 있었다. 나는 마음이 답답하면 자주 그곳에 갔다. 벤치에 앉아 아주 멀리서 움직이는 파도 하나를 눈으로 찍는다. 그 파도를 놓치지 않고 응시하고 있으면 처음엔 아주 먼 거리에서 시작한 파도가 서서히 움직이다가 해변에 가까이 오면서 점점 더 속도가 빨라진다. 마침내 온몸으로 해변을 부술 듯 달려들다 해변의 바위에 '퍼벅' 하고 부딪친다. 바위에 부서진 파도는 파편이 돼서 하늘로 솟구쳐 햇빛을 받고 공중에서 반짝거린다. 몇 초 후 흔적도 없이 세상에서 완전히 사라져 버린 것 같던 파도는 다시 먼 곳으로 돌아가 해변으로 달려오기를 반복한다.

파도가 밀려오는 걸 구경하다 지루해지면 이제는 파도가 시작된 곳을 본다. 멀리 파도가 시작되었던 가물거리는 곳을 바라보면 수평선이 있다. 하늘과 바다가 만나는 곳은 수면과 하늘이 구분되지 않아서 현실감이 없다. 그리로 하염없이 가면 바다 너머에 한국이 있을 것 같았다.

타국에 유배된 것이 아니니 언제라도 비행기표만 끊으면 한국으로 올 수 있는데도 먼 수평선을 바라볼 때는 영화 「빠삐용」의 마지막 장면에 나오는 더스틴 호프만과 같은 마음이었다. 주제곡 「Free as the wind(바람처럼 자유롭게)」가 나오는 마지막 장면에서 스티브 맥퀸은 상어가 가득한 바다에 얼기설기 만든 부유물을 던져놓고 자기도 절벽에서 뛰어 내린다. 조금 후에 물속에서 솟아오른 스티브 맥퀸은 부유물 위로 올라간다. 자유를 찾아 목숨을 걸고 뛰어든 그가 섬에서 조금씩 멀어질 때, 절벽 위에서 오랜 친구 더스틴 호프만이 손을 흔든다. 그는 자유를 포기하고 감옥에서 남은 생을 마치기로 마음을 정했다.

나는 그때 다시 한국으로 돌아오지 않으려 했다. 집도 샀고 종신교수를 보장받은 지도 몇 달이 지난 후였다. 수평선 너머 한국은 마치 갈 수 없는 먼 곳처럼 느껴졌다. 그래서 더 간절하게 그리워했나 보다. 어릴 때 바다 옆에 살고 싶은 바람이 있었다. 그 꿈의 마지막은 바다에 뿌려지는 것이다. 아무 곳에도 매이지 않고 자유롭게 파도를 타고 어디든 갈 수 있도록. 내 몸이 불에 다 타서 재가 되고 그 재가 다시 바다에 뿌려지며, 출렁거리는 물 위에 재가 잠시 떠 있다 가라앉는다. 그걸 되풀이하다가 물 위에는 아무것도 남지 않고, 재는 파도가 되어 홀가분한 마음으로 자유롭게 흘러가는 모습을 상상했다.

그 꿈은 일부 이루어졌다. 미국과 홍콩에서 15년간 살았던 곳이 모두 바다였기 때문이다. 그런데 평생 살 것 같았던 외국에서 어느 날 갑자기 돌아왔다. 금호동이 있는 한국으로. 하늘이 맑고 높던 곳을 버리고 아파트가 잔뜩 들어차 하늘도 잘 보이지 않는 답답한 곳으로 돌아왔다. 왜 그랬을까?

언젠가 구봉도에서 본 바다는 다른 색이었다. 파도가 훨씬 낮아서 미국에서 보던 바다와 달랐다. 그래도 철썩거리는 파도 소리는 오래전과 같았다. 파도는 그때나 지금이나 같은 소리로 해변을 친다. 바다는 하나도 변하지 않았고 사람만 낡았다. 바다를 보고 온 날 카뮈의 「이방인」을 모처럼 다시 읽었다. 사는 것은 유한하고 유한한 것은 의미가 없는데 거기서 의미를 찾으려 하는 인간의 부조리. 빠삐용은 살아서 자유를 찾았을까? 아무래도 좋다. 그게 그의 의지이고 선택이므로. 자유는 찾아낸 순간이 아니라 자유를 선택하는 순간에 얻는 것이므로. 자유는 사라진 게 아니라 원래 있던 곳에 그대로 있을 것이다. 사람이 다 늙고 또 낡아 버리는 동안 자유를 잊어버린 것이다. 빠삐용은 한 번도 본 적이 없는 자유를 찾아서 상어가 가득한 바다로 몸을 던진 것이 아니다. 원래 있던 자리로 돌아가는 것이 그에게는 자유였다. 그걸 선택한 순간 그는 이미 자유인이다.

한국에 돌아와 금호동에서 살진 않지만 이제 다른 곳에서도 금호동의 달이 보인다. 달이 차오른 맑은 밤에 달을 보면 사람만 낡았을 뿐 그때 보던 달이다. 지금 달을 보는 건 과거의 기억과 억지로 다시 만나 회포를 풀고자 하는 그리움이 아니다. 달을 보던 나도 사실 하나도 변하지 않았으며, 그건 원래의 모습으로 언제든 돌아갈 수 있다는 자유를 선택하는 것이다. 이제 달을 보면 참 좋다. 어느 때보다 더 자유롭다.

김정식 고려대학교 심리학과를 졸업하고 하와이 주립대학교에서 문화심리학으로 박사학위를 받았으며 현재는 광운대학교 경영학과 교수이다. 미국 웨스턴워싱턴대학교와 홍콩시립대학교의 교수로 심리학과 경영학의 경계를 넘나들며 강의했다. 전공과 관련된 일만 하는 게 지루해서 어느 날 밤부터 글을 쓰기 시작했다. 15년 넘게 외국에서 살면서 만난 사람들에 관한 이야기를 썼으며, 지금은 자전적 소설을 쓰는 중이다. 저서로는 『쓰러지지 않는 기업의 조직 탄력성』, 『조직의 직무동기』, 『조직행동』이 있다.

금호동의 달

김정식 지음

초판 1쇄 발행. 2024년 7월 16일
펴낸이 이민·유정미
편집 최미라
디자인 오성훈

펴낸곳 이유출판
주소 34630 대전시 동구 대전천동로 514
전화 070-4200-1118
팩스 070-4170-4107
전자우편 iu14@iubooks.com
홈페이지 www.iubooks.com
페이스북 @iubooks11
인스타그램 @iubooks11

ⓒ김정식 2024
ISBN 979-11-89534-52-3(03810)

정가 18,000원